KB199690

남은 건 명랑한 최선

강나윤 소설집

남은 건 명랑한 최선

차례

방금 있었던 일

보람은 횡단보도 건너는 것을 좋아한다. 집 근처에 있는 도서관이 아니라 회사에서 15분이나 걸리는 정독도서관을 이용하는 것도 왕복 열네 개의 횡단보도를 건널 수 있기 때문이다. 도서관에서 회사로 돌아가는 네 번째 횡단보도에서 신호를 기다리던 보람이 주먹으로 명치를 꾹꾹 눌렀다. 시간 내에 도서관을 다녀오려고 급하게 먹은 김치찌개가 얹힌 것 같았다. 보람은 근처 편의점에서 까스활명수를 샀다. 그가 편의점에서 나왔을 때 신호등에 초록불이 깜박였다. 사람들이 횡단보도를 향해 뛰었으나 보람은 느긋하다. 신호등에 초록불이 들어오면 횡단보도는 안전지대가 된다. 초록불에 발을 디디기만 하면 중간에 신호등 색이 바뀌어도 괜찮다. 몇 걸음 걷지 못했는데 빨간불이 들어왔다.

"세이프. 파란불. 괜찮아. 안 죽어."

보람은 웅얼거리며 하얀 선을 밟았다. 횡단보도 앞에 선 차들은 그가 횡단보도를 다 건널 때까지 움직이지 않았다.

엘리베이터 앞에 사람들이 개미 떼처럼 와글거렸

다. 정규직 일개미들, 비정규직 일개미들이 사원증을 가슴에 걸고 아메리카노를 들고 있었다.

"보람 씨, 점심 맛있게 했어요?"

장현성 제작본부장이 갑자기 나타나 보람에게 말을 걸었다. 보람은 항상 국립현대미술관 카페테리아에서 점심을 먹는다. 그곳은 적당한 가격으로 뷰를 즐길 수 있고, 회사 사람과 마주칠 일이 없는 유일한 식당이라는 점이 장점이지 맛은 상관없다고 여러 번 말했는데도 그는 계속 묻는다. 매번 같은 대답을 하는 건 지치지만 그는 본부장이고, 사내에서 보람에게 잘해 주는 유일한 사람이다.

"국현미 카페테리아에서 김치찌개 먹었는데 찌개는 쏘쏘했고요, 볶은 가지는 기름 범벅이라서 못 먹었어요. 김부각은 맛있어서 두 번 리필했어요."

보람의 대답에 본부장 옆에 서 있던 김 팀장이 피식 피식 웃었다. 김 팀장의 피식거림에 보람은 기분이 나빠졌다.

"오늘 엄청 춥던데 또 정독?"

김 팀장이 보람이 들고 있는 책을 보며 물었다. 보람은 김 팀장의 코트 자락을 응시했다. 그는 혼란스럽다. '춥다'와 '정독도서관'이 어떤 상관관계가 있는지, 어디에 포인트를 맞춰 대답해야 할지 분간할 수 없었다. 김 팀장의 질문이나 관심은 훅과 같은 것이라고, 그냥 "네" 하면 된다고 오순자는 말한다. "네" 단 한 단어가 보람은 쉽지 않다. 상대의 표정을 살핀다면 더 적절하게 대응할 수 있을 텐데 보람은 타인과의 눈 맞춤이 힘들다. 특히 김 팀장의 얼굴은 쳐다보기만 해도 칼에 베일 것 같아서 보람은 그의 얼굴은 쳐다보지 않으려고 노력한다. 칼 눈썹, 뱀눈, 얇은 입술, 칼귀. 김 팀장은 얼굴 전체에 칼을 품고 있다. 관상학적으로 절대 가까이해서는 안 될 인간이라고 보람은 생각한다.

"무슨 책 빌렸어요?"

김 팀장이 물었다. 보람은 대출한 책을 뒤로 숨기며 어깨를 으쓱했다. 읽고 있는 책의 정보는 그 사람의 모든 것이라고 보람은 생각한다. 대출 목록을 보면 그 사람이 무엇에 관심이 있는지, 어떤 생각을 하는지 알 수 있다. 보람은 김 팀장이 자신에 대해 이러쿵저러쿵 떠들고 다니는 게 싫다.

"에이, 뭔데 숨기고 그래. 읽기 쉬운 마의……상법? 법 공부해요? 로스쿨 준비해? 대단하네. 대단한 사람이야."

"상법의 상은 장사 상(商)이에요. 이건 서로 상(相)이고. 되게 쉬운 한잔데."

김 팀장이 헛기침하며 자신은 한자를 배운 세대가 아니라고 했다.

"상법이 아니라 관상. 맞죠?"

본부장이 끼어들었다. 보람이 고개를 끄덕였다.

"아, 관상."

김 팀장이 손을 오목하게 만들어 자기 얼굴에서 위아래로 흔들었다.

"암튼 특이해, 이 세상 사람이 아니야. 무지개구름 떠다니고, 구름 타고 다니는 그런 곳에 있어야 할 것 같아."

"천상계요?"

"맞다. 딱 맞다. 그래, 천상계. 암튼 천상계에 있어야 할 사람이야."

순간 보람은 화가 났다. 김 팀장의 말에서 공격성을 감지했기 때문이었다. 구체적으로 어떤 말이 공격적인지는 잘 모르겠다. 퇴사 전에 한 번은 들이받아야지, 결심했는데 그게 오늘인가? 보람은 마른침을 삼키고 호흡을 정리했다. 어떻게 대들어야 하나 경우의 수를 헤아리는데 엘리베이터가 열렸다. 가슴에서 계약직 사원증이 출렁거렸다. 계약 만료까지 27일 남았다. 27일 더 다닌다고 인생이 달라지는 건 아니지만 월급은 매우 소중하다.

보람이 오순자에게 톡을 보냈다. 오순자는 예순 후반인데도 보람의 간략한 상황 설명을 찰떡같이 알아들었고 답장도 빨랐다.

—거지발싸개 같은 놈. 천상계 같은 소리 하고 앉아 있네. 누구한테 저승 가라고 악담이야.

그제야 보람은 자신이 왜 화가 났는지 깨달았다. 보람이 김 팀장의 신발을 노려보았다.

—받아버리고 뛰쳐나갈까 봐요.

—무기직 신청했다며? 지랄이 풍년이라고 생각해. 참고 버티는 게 이기는 거야. 내가 꼰대라서 하는 말이 아니라 살아 보니까 버티는 사람이 이기는 거더라.

—내가 무기직이 될 확률은 제로.

—아직 대운이 끝나지 않았다니까. 보람 씨 서른둘이지? 올해까진 확실히 대운이니까 사주를 믿어 봐. 시 써서 대박 나면 모를까 밥벌이는 해야지. 나 지금 자리

옮기는 중이라서. 이따 톡 할게. 쏘리. 그리고 나 어제 시 완성했는데 좀 봐 줘.

—네, 보내세요. 고민 상담해 줘서 고마워요, 언니. 이따 카톡 할게요.

시 클래스에서 처음 만난 날, 오순자는 보람에게 자신을 언니라고 부르게 했다. 예순이 훌쩍 넘은 오순자에게 언니라는 호칭은 가당치 않았다. 이상한 사람이라고 생각해서 보람은 그를 피했는데 지금 둘은 단짝이다. 오순자만큼은 아니더라도 사내에 케미가 맞는 사람 한 명만 있어도 덜 힘들 거 같았다. 사람들이 왜 자신을 싫어하는지 분석하고 앞으로 어떻게 대처해 나갈지 생각해야 하는데…… 생각하려는 그 자체가 피곤하고 귀찮았다.

오순자가 시를 보냈다. 그는 육십갑자를 시로 쓰고 있다.

정사(丁巳)

너는 급하게 불타오른다

도화살이 사방으로 뻗친다

너는 온몸으로 웃는다

웃음은 사방으로 퍼진다

낭창낭창 네 몸은 사푼사푼

불타는 정열, 뜨거운 욕망

산을 태우고 바위를 깬다

왕성한 네 열정, 끈기로 한길에 퍼부어라

활활 타오르는 도화살

끝까지 인내하면 성공한다

　보람이 관자놀이를 문지르며 시를 읽었다. 싸지?
시적 허용인가, 오타인가. 단순 오타라고 하기엔 '싸지'
도 맞긴 했다. 보람은 자신에게 음란 마귀가 붙었다고
느꼈다.

　"보람 씨, 체했어요?"

　본부장의 눈이 보람이 들고 있는 소화제로 향했다.
그는 원숭이의 눈을 갖고 있다. 눈치가 빠르고 사물을
잘 판단하며 임기응변에 강하기에 위험을 피하는 재
주가 있다. 사회적으로는 무엇 하나 부족함이 없지만,
개인적으로는 자녀로 인한 고생이 끊이지 않는다. 본
부장의 아들, 장기준은 아스퍼거다. 아스퍼거는 자폐

스펙트럼 안에 있다. 본부장은 기준에 대한 상담을 보람에게 한다. 수학여행을 보내야 할지 말아야 할지, 새로 생긴 친구에 대한 고민부터 여학생에게 고백하고 싶어 하는 마음을 응원해야 할지, 말려야 할지를 묻는다. 보람은 성심성의껏 대답했다. 누군가에게 도움을 준다는 것이(특히 본부장에게) 뿌듯한 동시에 부담스러웠다. 연봉도 많은데 정신과에 가지 않고 왜 자신에게 상담하는지 이해할 수 없었다. 지난 주말엔 기준이 쓴 시라면서 시인이 보기엔 어떠냐고, 재능이 있는 것 같냐고, 톡을 보냈다. 시란 마음의 배설. 쓰고, 달고, 아프고, 외롭고, 따뜻하고, 아릿한 모든 것을 쏟아내면 된다. 단 어휘를 정확하게 이해하고 적확하게 사용하는 것이 전제인데 기준은 단어의 기본 뜻도 제대로 몰랐다. 보람은 시 창작 클래스에서 공부했던 자료를 본부장에게 보내면서 기준에겐 무엇보다 국어사전이 필요하다고 조언했다.

효과 좋은 소화제가 있다며 본부장은 보람에게 본부장실에 잠깐 들렀다가 가라고 말했다. 김 팀장이 보람과 본부장을 번갈아 쳐다보았다. 보람은 회사에 또

요상한 소문이 돌 것 같아 마음이 불편했다. 본부장은 측근을 두지 않는다. 가까이 가고 싶어도, 멀어지고 싶어도 그와의 거리를 마음대로 좁히거나 벌릴 수 없어서 그의 별명은 1미터다. 그런 본부장이 유독 보람에겐 자상하고 부드럽다. 둘이 따로 만나는 관계가 아니냐고 수군대는 걸 보람은 화장실에서 들은 적이 있다. 억울한 동시에 그가 왜 자신을 살뜰하게 챙기는지 보람도 의아하긴 마찬가지였다. 면접장에서 쩔쩔매던 보람이 불쌍해서 물 한 잔 내줄 순 있어도 채용까지 하진 않는다. 오순자는 본부장의 사주와 보람의 사주가 찰떡이고 서로 보완 관계일지도 모른다고 말했다. 본부장의 생년월일을 알아보라면서 혹시 그에게 연정을 느끼냐고 물었다. 보람은 첫 연애를 유부남과 하고 싶지는 않았다.

　본부장실은 모노 톤이다. 회색 가죽 의자와 먹색 가구들이 칙칙해 보이지 않는 건 통창으로 쏟아지는 빛 때문이다. 노출 천장에 여러 개의 형광등이 지그재그로 뻗어 있었다. 멀리서 보면 스타워즈에 나오는 광선 칼처럼 보인다.

　"우리 집 남자들이 소화 기관이 다 약해요. 여자들

은 괜찮은데 남자들만 약해. 참 이상하죠?"

본부장이 책상 서랍에서 약통을 꺼냈다. 유통 기한이나 제조사 스티커도 없이 소체환이라는 스티커만 붙어 있는 소화제였다. 6인용 식탁으로 써도 충분한 크기의 책상엔 노트북과 32인치 모니터 두 개, 전화, 액자 한 개가 전부였다. 보람은 본부장의 커다란 책상과 책상 옆에 서 있는 큼지막한 바퀴가 두 개인 전동 보드가 부러웠다. 본부장은 종종 투휠 보드를 타고 사내를 누빈다. 위험하게 사내에서 투휠 보드를 탄다고, 젊어 보이고 싶어서 발악이라고 뒷말이 많다.

"단골 한의원에서 파는 소화젠데 효과가 진짜 좋아요. 신경이 예민한 사람은 일반 소화제로는 그 속을 다스리지 못하지."

본부장이 부드럽게 웃으며 말했다. 보람은 갑자기 불안해졌다. 신경이 예민한 사람, 불편해. 그만해. 머릿속에서 예민함과 연결된 단어들이 돌림 노래처럼 반복됐다. 예민한 사람은 회사에 도움이 안 됩니다. 계약 기간 만료 전이지만 퇴사하세요. 불길한 상상이 거침없이 펼쳐졌다. 보람의 뉴런은 다른 사람보다 세 배 정도 더 활성화되어 있다. 타고나길 그렇다고 의사가 말했다. 뉴런의 활성을 막는 약을 3년간 먹었는데 처음에만 효과가 있었고 나중엔 그냥 그랬다. 뉴런에 과부하가 걸리면 보람은 횡단보도를 건넜다. 초록불이 들어온 횡단보도는 안전하다. 중간에 빨간불이 들어와도 괜찮다.

보람이 횡단보도를 안전한 공간으로 인지한 순간은 중학생 때였다. 따돌림 당하던 보람은 점심시간에 학교를 뛰쳐나갔다. "죽을 거야, 귀신이 되어 다 혼내줄 거야." 아파트 옥상에서 뛰어내리려고 작정했다. 학교 앞 횡단보도를 건널 때 신호등에 빨간불이 들어왔다. 6차선 한복판에서 그는 두려움에 오도 가도 못했다. 죽으려고 결심했으면서 차에 치여 죽을까 봐 겁났다.

"뭐 해?"

보행 보조기를 밀고 가던 할머니가 보람의 어깨를 툭 쳤다. 할머니는 느긋한 걸음으로 횡단보도를 건너고 있었다. 모든 게 멈췄고 할머니만 고요하게 움직였다. 보람은 할머니를 따라 횡단보도를 건넜다. 그들이 횡단보도를 건넌 후에야 차들이 움직이기 시작했다.

"파란불일 때 들어서기만 하면 세이프야. 괜찮아.

안 죽어."

할머니가 말했다. 보람은 파란불, 세이프, 괜찮아, 파란불, 괜찮아, 웅얼거리며 집으로 돌아갔다. 무단 조퇴였지만 보람의 엄마는 고개만 끄덕일 뿐 별다른 말은 하지 않았다.

"계약 만료일이 한 달 정도 남았죠?"

"27일 남았어요."

보람은 무기 계약직 전환 따위 연연하지 않는다고 말하면서도 정규직이 된 자신을 상상한다. 그가 기획한 광고 문구가 명작으로 남고 광고 대상을 타는 꿈을 꾼다. 그러다 현실로 돌아오면 화들짝 놀라 자신을 비웃었다. 비정규직이 정규직이 되는 것은 시인이 저작권료로 먹고사는 것만큼 허황한 꿈이었다. 동시에 허황한 꿈을 꾸는 사무실 사람들을 떠올렸다. 본부장의 라인에 올라타 승진을 꿈꾸는 김 팀장. 본부장은 라인을 만들지 않는다. 여민정 대리는 컨디션 좋은 샤넬 백을 저렴하게 사려고 매일 강남 지역 당근마켓을 들여다보지만 상태 좋은 샤넬 백은 비싸다. 성여진 과장은 감나무와 배롱나무가 있는 아담한 한옥을 알아보는 중이다. 마당에 나무가 많은 한옥은 아담과는 거리가 멀다. 김진호는 살냄새 향수를 찾느라고 월급의 반을 니치 향수에 쓴다. 살냄새를 살에서 찾지 않고 왜 향수에서 찾는지 보람은 이해할 수 없다. 보람은 찌르르한 명치를 주먹으로 꾹 눌렀다.

"손 따 줄까요? 기준이 때문에 수지침을 배웠는데 적성에 맞더라고. 수지침 강사를 해도 될 만큼 내가 침 좀 놔요."

본부장과의 대화는 일은 3퍼센트고 기준의 일상이 90퍼센트, 서로의 근황이 7퍼센트다.

"아스퍼거들은 뉴런이 너무 발달해서 예민하고, 잠도 잘 못 자고, 소화도 잘 못 시키고 그렇죠. 평생 약을 먹어야 한다고 생각하면 답답해요."

본부장이 보람에게 손을 내밀었다. 원숭이의 눈은 보람의 어깨나 귀 너머를 바라본다. 속을 알 수 없는 사람, 눈 마주침을 피하는 그가 보람은 편하다.

보람은 도서관에서 취업 준비를 하면서 짬짬이 만화책을 읽었다. 허영만의 『꼴』을 읽다가 유레카를 외쳤다. 삼백안은 범죄자가 되거나 예술가가 되거나 둘

중 하나라는데 보람은 삼백안―타고난 것인지, 사람을 힐긋힐긋 쳐다보는 행동이 버릇되어서 삼백안이 되었는지는 모르겠다―이다. 범죄자보단 예술가가 낫다는 생각에 예술을 해야겠다고 결심했다. 그는 서울시에서 주최하는 문예제 시 부문에서 고등부 시장상을 받은 적이 있었다. 보람은 곧바로 신문사에서 운영하는 문화 센터, 시 창작 클래스에 등록했다.

시 창작 클래스엔 감성적인 사람이 많았다. 감정적인 사람은 더 많았고, 이상한 사람들은 더더욱 많아서 보람은 평범한 쪽에 가까웠다. 그가 어떤 말을 해도 그들은 고개를 끄덕였다. 시를 쓰는 사람들은 받아들이는 것이 남다르다고 생각했는데 얼마 지나지 않아 보람은 그들이 그의 말을 듣지 않는다는 것을 깨달았다. 기분 나쁘지 않았다. 오히려 괜찮았다. 형체 없는 말이 마음에 박혀 상처나 미움으로 남는 것보단 허공에 뿌려지는 것이 더 나았다.

시 창작 클래스에서 오순자를 만났다. 오순자의 남편은 결혼한 지 넉 달 만에 죽었다. 남편을 잡아먹었다는 시댁의 비난에 오순자는 자살을 시도했다. 자살에 실패한 후 절에 들어갔다. 절에서 사주와 명리를 접한 오순자는 가슴을 펴고 절을 내려와 남편의 본가를 찾아갔다. 그는 시모를 향해 손가락을 들었다.

"내 남편을 죽인 사람은 내가 아니라 당신이야. 당신 사주가 내 남편을 죽였어. 내 남편 살려내, 살려내라고!"

옷을 찢으며 울부짖었다는 오순자가 보람에게 명리학을 추천했다.

"삶을 안다는 건 그렇게 중요한 거야. 사주를 알면 나를 지킬 수 있어. 남편 잡아먹은 년이 아니라 남편 잡아먹힌 년이 된 거야, 내가. 그때 내가 죽었으면, 이 좋은 세상을…… 억울하지. 관상도 좋지만, 사주가 대끼리야."

보람은 명치를 주먹으로 누르며 삶을 안다는 것에 대해 생각했다. 왜 자신이 타인에게 받아들여지지 않는지, 그의 무엇이 타인에게 거부당하는지 늘 궁금했다. 다음 날 보람은 오순자의 손을 잡고 명리 역학 학원에 등록했다. 사주도 관상처럼 과학이었다. 오순자를 만난 그해는 보람의 인생에 대운이 드는 시점과 일치했다. 대운은 짧게는 5년, 길게는 10년은 간다며 오순자는 열심히 쓰고 투고하라고 조언했다. 시를 쓴 지 1

년도 되지 않아 보람은 등단했다. 저명하거나 유서 깊은 문예지는 아니었어도 등단 시인이란 타이틀은 보람의 사회적 위치를 바꾸었다.

문우의 추천으로 보람은 방송국에서 보조 작가 일을 시작했다. 프로그램에 맞는 사람을 SNS에서 찾고, 전화를 걸어 출연하도록 사람들을 설득하는 일이 주된 업무였는데 성향에 맞지 않았다. 보람은 금방 살렸다. 뭘 해도 안 되는구나 싶을 때 다큐멘터리 보조 작가 일이 들어왔다. 일이 일을 불러들이는 구조였다. 일이 없을 땐 편의점에서 아르바이트했다. 편의점주들은 시인이시구나, 하며 보람을 도두보았다. 내로라하는 광고 회사 경력 계약직 면접 기회도 쉽게 얻었다.

보람은 광고 회사 면접 제안을 거절했다. 면접을 무사히 치르고 취직하는 건 로또에 당첨되는 확률보다 낮았다. 희박한 확률보다 힘든 건 면접 후 밀려오는 자기혐오였다. 발바닥에 물집이 잡힐 만큼 횡단보도를 건너고, 또 건너도 마음이 안정되지 않았다. 면접관들의 질문이 꿈까지 쫓아왔다. 꿈에서조차 보람은 겁에 질려 동문서답했다.

면접관들은 국어교육과를 나와서 왜 임용 고사를

보지 않았는지 끊임없이 물었다. 보람은 교사가 되고 싶은 마음은 없었다. 성적에 맞춰 국어교육과를 선택했을 뿐이다. 사춘기가 벼슬인 양 일탈과 노략질, 해코지를 서슴없이 자행하는 인간들을 상대하고 싶지 않다고 말하면 자칫 사춘기 인간 혐오주의자로 오해받을 수 있다. 그는 인간 자체를 혐오하지, 청소년만을 혐오하지 않는다. 면접관들의 두 번째 질문은 부전공으로 경제학을 선택한 이유였다. 당연히 취업하려고 경제학사를 땄지, 취미로 땄겠는가. 보람은 면접관들의 지능을 비웃으며 면접을 봤다. 한심한 면접에 번번이 떨어지면서 깨달았다. 그들은 한심한 질문을 통해 면접자들의 과거를 샅샅이 해부하고 현재를 관찰해서 미래를 재단하는 사람이 아니었다. 면접관들은 프로 관상가들이었다. 관상가들은 면접장에 면접자가 들어서는 순간 합격 불합격을 판단한다. 논리도 이성도 상관없다. 난처하고 난해한 질문에 시시각각 변하는 면접자의 표정을 보면서 면접관들은 자신의 판단이 옳았다는 것을 확인할 뿐이다.

"대운이라니까. 사주를 믿어."

오순자가 면접을 보지 않겠다는 보람을 설득했다.

면접장에 들어간 보람은 제대로 인사도 못 하고 의자에 주저앉았다. 여섯 개의 눈동자에서 번뜩이는 칼들이 그를 향해 날아왔기 때문이었다. 면접관의 질문이 들리지 않았다. 눈물이 쏟아질 거 같았다. 그때 본부장이 따뜻한 물을 보람의 손에 쥐어 주었다.

"괜찮아요. 너무 긴장할 필요 없어요."

보람은 따뜻한 물을 마시며 면접관들의 목을 쳐다보았다. 검푸른 넥타이, 붉은 줄이 어지러운 넥타이, 기하학무늬가 끝없이 이어진 넥타이를 보며 보람은 회사 설립 목표를 줄줄 외웠다. 면접관들이 서로를 바라보며 눈빛을 교환했다. 오직 장현성 본부장만이 보람에게서 시선을 떼지 않았다. 면접이 끝나고 일어선 보람이 컵을 어찌해야 할지 몰라 주춤대는데 그가 다가왔다.

"괜찮아요. 수고했어요. 불안해하지 말아요."

본부장의 위로에 보람은 참았던 눈물을 왈칵 쏟았다.

"거짓말. 대운이 끝나 버렸어. 난 망했어."

올해가 대운이 든 지 딱 5년인데, 대운이 벌써 끝난 건가. 보람은 면접장을 뛰쳐나왔다. 면접비 수령란에

사인하는 것도 잊고 집으로 도망쳤다. 본부장이 건넨 컵은 아직도 그의 집에 있다. 보람은 어떻게 자신이 붙었는지 아직도 의아하다. 오순자는 그것이 사주의 힘, 대운을 탔기 때문이라고 했다.

본부장이 손을 오목하게 만들어 보람의 등을 두드렸다. 그의 손이 보람의 목과 견갑 사이, 척추를 가볍고 빠르게 지나갔다. 가슴이 컹컹 울렸다. 손끝을 찌르는 바늘보다 그의 손이 지나갔던 등이 더 아팠다. 본부장이 보람의 엄지와 검지 사이 오목한 부분을 꾹꾹 눌렀다. 원숭이를 닮은 눈은 총기가 있고 눈썹은 부드러웠다. 인중이 깊고 하관이 단단했다. 말년 운이 좋은 관상이 진짜 좋은 관상이다. 좋은 관상을 가진 사람은 어떤 사주를 타고났을까, 보람은 본부장의 사주는 바다라고 추측한다.

보람은 사주에 불이 많아서 물이 많은 사람과 어울려야 한다. 부족한 물의 사주를 채우기 위해 어항을 방에 들여놓았고 밤엔 수영 강습을 받았다. 아쿠아리움 정기권을 끊어서 한 달에 한 번 이상은 꼭 갔다. 그곳에서 보람은 빨간 손도끼를 들고 투명 벽을 깨는 상상에 빠진다. 벽에 금이 가고 가느다란 물줄기가 사방에서 뿜어 나오고, 마침내 벽을 산산조각 낸다. 사람들이 비명을 지르고 도망치지만, 곧 거센 물결에 휩싸여 떠내려간다. 초록등고래가 우-우-우— 노래하며 사람들을 집어삼킨다. 보람은 그동안 갈고 닦은 수영 실력을 뽐내며 고래 등에 올라탄다. 빨갛게 달아오른 몸과 마음이 촉촉해지고 평안을 얻는 꿈을 꾼다. 어쩌면 본부장이 초록등고래일 수도 있다고 보람은 생각했다.

"몇 시에 태어나셨어요?"

보람은 본부장의 사주가 늘 궁금했다. 김 팀장도 본부장의 정확한 생년월일을 모른다.

"난 모태 신앙이라 사주 안 믿어요. 그리고 사주는 전혀 논리적이지 않아요. 같은 시간에 태어나는 사람들은 성격이 다 똑같고 삶도 같아야 하는데 그렇지 않잖아요."

"그게 흔히 하는 오해예요. 같은 시간에 태어났어도 주변 사람이 달라요. 당연히 해석도 달라지죠. 저 같은 경우만 해도 불이 많아서 활활 타는 성격에 관도 엄청 많아서 되게 예민하고 변덕이 죽 끓듯 하는 성격이거든요. 근데 아빠 사주에 물이 많아요. 아마 아빠 아니었으면 진즉에 화병으로 죽었을지도 몰라요. 아니면 자살했든지."

본부장의 눈이 반짝였다. 아주 짧은 시간이었지만 보람은 그의 검은 눈동자 안에 가지런히 누워 있던 검은 칼들이 파르르 떨리는 것을 보았다. 본부장의 눈엔 잘 벼린 칼들이 있다. 날 선 칼이 숨어 있는 눈은 눈빛이 총총하고, 무딘 날들이 있는 눈은 안광이 흐릿하다.

사람의 눈동자엔 칼이 숨어 있다. 눈동자를 자세히 들여다보면 동공에서 방사형으로 뻗어 있는 칼들을 볼 수 있다. 고동색, 갈색, 회색, 검은색 칼들은 머리카락보다 가늘었고 언제든 팽팽하게 튀어나올 만반의 준비를 하고 있다. 말보다 표정보다 손짓보다 눈 속에 들어 있는 칼들이 더 빠르다. 그리고 솔직하고 잔인하다.

보람이 사람의 눈 속에 숨어 있던 칼을 처음 본 건 여덟 살 생일 파티 때였다. 주말 플레이짐은 생일 파티로 만원이었다. 트램펄린을 타던 보람은 문득 책을 읽고 싶어졌다. 책을 읽으면 선생님도 엄마도 친구들도 말을 걸지 않았다. 보람은 플레이짐에 구색으로 갖다 놓은 책을 들고 주변을 두리번거렸다. 혼자 있을 만한 공간이 보이지 않았다. 보람은 건물 1층에 있는 파리바게뜨에서 책을 읽기로 했다.

"보람이 어디 가니?"

파티에 온 아줌마가 신발을 꺼내는 보람의 어깨를 잡았다.

"파리바게뜨요."

"배고파? 파티 룸에 치킨이랑 피자 있는데."

"난 파리바게뜨 갈 건데."

"보람이 빵 먹고 싶구나. 아줌마랑 같이 가자."

"아닌데. 나 아줌마랑 같이 가는 거 싫은데."

"아…… 보람이가 아줌마랑 같이 가는 거 싫구나. 그렇구나. 몰랐네. 미안해."

아줌마가 빠르게 눈을 깜박이며 웃었다. 웃고 있는 아줌마의 눈에서 빛이 튀어나왔다. 눈동자가 파르르 떨며 보람을 향해 칼을 발사했다. 칼은 눈에 보이지 않을 만큼 작았고 눈으로 볼 수 없을 만큼 빨랐다. 보람은 자신의 배를 바라보았다. 겉보기엔 아무렇지도 않았다. 하지만 배가 너무 아팠다. 분명 아줌마의 눈에서 칼들이 쏟아져 나왔다. 보람은 자신의 배와 아줌마를 번갈아 쳐다보았다. 아줌마의 눈에서 칼들이 춤추고 있었다. 보람은 비명을 지르며 도망쳤다.

10년 가까이 심리 상담을 받았어도 보람은 여전히 눈을 마주치는 게 힘들었다. 사람의 진심은 눈빛으로 알 수 있다. 상대의 눈을 쳐다볼 수 없는 그는 교우 관계에 있어서 불가촉천민이었다. 입으로는 괜찮아, 좋아, 말하지만 눈빛은 싫어, 귀찮아, 그만해, 하는 것을 알 수 없었다. 기울어진 운동장의 균형을 맞출 수 있는 수단은 각종 치료가 아니라 관상과 역술이었다. 굳이 타인과 눈빛 교환하지 않아도 상대가 어떤 사람인지, 내게 맞는지 안 맞는지를 알 수 있는 관상과 역술이야말로 기준에게 필요하다고 본부장에게 조언했는데 그는 크리스천이라는 이유만으로 아들에게 필요한 것들을 차단했다.

"작설차 좋은 게 들어왔는데 마셔 볼래요?"

본부장이 청록색 다기 세트를 꺼냈다. 그는 화려한 것을 좋아했다. 캐멀색 코트에 몬드리안 체크무늬 머플러, 쨍한 코발트색 코트에 짙은 회색 머플러를 종종 목에 둘렀다. 평범한 외모 속에 화려한 공작새가 있을지도 모른다.

"차는 소화를 도와줘요. 심신 안정에도 도움이 되

고."

첫 물을 따라 버리며 그가 말했다. 보람은 소체환을 우물우물 씹으며 시간을 확인했다. 시간이 꽤 흐른 것 같았는데 겨우 10분 정도 지났다.

"무기 계약직 전환 프로그램에 보람 씨도 신청했죠? 광고 회사 특성이 개인주의적인 요소가 많긴 하지만 한편으론 군대 같은 음, 뭐랄까 그런 분화가 있죠. 팀원들이랑 어느 정도까진 어울리면 좋을 거 같아요. 예를 들면 점심 식사 같은 거."

본부장이 말을 멈추고 차를 마셨다. 보람도 그를 따라 차를 마셨다. 향은 좋은데 맛은 녹차였다.

"무기 계약직 전환이랑 군대 문화랑 무슨 상관인데요?"

"계속 보게 될 팀원들이니까 좀 어울리면 좋겠다, 그런 말이죠."

"무슨 말씀이세요?"

"보람 씨 무기직 전환됐다고요. 아직 말하면 안 되는데, 오늘 보니까 마음고생이 심한 거 같아서 미리 말해 주는 거예요. 대신 우리끼리 비밀입니다."

"저 오늘 급하게 먹어서 체했는데…… 저 무기직

됐다고요?"

"네, 김보람 씨가 무기 계약직 전환 대상자가 됐어요."

무기 계약직이라니! 더 이상 면접을 보러 다니지 않아도 된다는 말이었다. 보람은 차오르는 웃음을 참을 수 없었다.

"이제부턴 동료들이랑 점심 식사도 같이하고, 회식도 참석하면 좋을 거 같아요."

"저는 혼밥이 좋아요. 그리고 술은 안 마셔요."

본부장이 길게 숨을 들이켰다가 천천히 호흡을 뱉었다. 그 모습에 보람이 흠칫했다. 본부장의 행동은 보람의 엄마가 화가 머리끝까지 났을 때 하는 것과 같았다.

"보람 씨 보면 대견하다는 생각이 들어요. 아니, 나는 보람 씨 존경해요. 보람 씨 부모님도 존경하고. 등단한 것도 대단하지만 무사히 학교 졸업하고, 면접 보러 다니고, 취업까지 한다는 건 아스퍼거에겐 엄청난 일이죠. 기준이 보면 막막한데 보람 씨를 보면 희망이 생겨요."

"왜요?"

"계속 도전하니까. 그리고 살아남았으니까. 이력서만 보면 보람 씨가 아스퍼거라고 누가 상상이나 하겠어요? 면접장에서 눈을 어디에 둬야 할지 몰라서 안절부절못하는 보람 씨를 본 순간 우리 기준이가 면접장에 서 있는 줄 알았어요. 치료를 받으면서도 이게 막장으로 들어가는 건지, 터널을 지나는지 너무 막막했었는데 보람 씨가 나타났어요. 정말 오랫동안 기도했는데 막장이 아니라 터널이라고 하나님이 응답하신 거죠. 보람 씨가 잘되면 좋겠어요. 진심으로."

"저 아스퍼거 아니에요."

"혹시 병원 안 다녀요? 아스퍼거란 병명이 우리나라에 들어온 지 얼마 되지 않아서 보람 씨가 자신이 아스퍼거라는 걸 모를 수도 있어요. 치료를 계속 받아야 사회생활이 조금 더 편해질 수 있어요. 필요하면 내가 병원 소개해 줄게요."

보람은 중학교 3학년 때까지 병원에 다녔다. 자폐 성향은 있지만 자폐는 아니라고 했다. 병원보단 횡단보도를 건너는 것이 심신 안정에 더 도움이 됐다.

"아니라고요, 아니라는데 왜 자꾸 나한테 아스퍼거라고 해요? 병원 필요 없거든요."

본부장의 눈이 보람을 향했다. 검은 눈동자에서 칼들이 파르르 떨며 일어났다. 2밀리도 안 되는 작은 동공 옆에 숨어 있는 수천 개의 칼은 살갗에 흔적을 내지 않고도 근육과 인대로 파고들어 사람의 오장육부를 난도질한다. 본부장의 칼이 보람의 몸에 꽂혔다. 눈빛으로 사람을 죽일 수 있다는 말은 은유가 아니다. 보람은 근막이 끊어지고 오장육부가 터지는 것을 느낀다. 식은땀이 나고 구역질이 났다. 보람은 화장실로 뛰어갔다. 손가락을 입안 깊숙이 넣었다.

*

자폐증과 비슷한 발달 장애. 대인 관계에서 상호 작용에 어려움이 있고 관심 분야가 한정되는 특징을 보이는 정신과 질환. 아스퍼거 장애를 가진 아동은 대개 다른 사람과 있는 것을 좋아하고 말하기를 좋아하지만, 대화가 효과적으로 이루어지기 어려운 증상들을 가지고 있다.

보람이 백과사전에 나온 아스퍼거의 정의를 다섯

번째 읽고 있을 때, 오순자에게서 톡이 왔다. 보람은 본부장실에서 있었던 일을 오순자에게 알렸다.

—뭐시 중헌디? 아스퍼거라서 무기 계약직 시켜 준다는데.

오순자의 말에 보람은 정신이 멍했다.

—본부장님이 나를 아스퍼거로 오해해서 무기직 전환해 주는 거라고요?

—그렇지. 그래야 아귀가 맞지. 면접도 망쳤는데 붙었다며? 본부장이 귀인이네! 귀인.

—언니, 나 아스퍼거 아니에요.

—기고 아니고가 뭐가 중해? 나 같으면 아스퍼거인 척하겠네. 먹고사는 일보다 중한 게 어딨어?

보람은 섭섭했다. 오순자라면 보람을 아스퍼거로 낙인찍은 본부장을 욕해 줄 줄 알았다.

—다 그렇게 척하면서, 가면 쓰고 먹고사는 거야. 아닌 척, 그런 척. 고상한 척. 멀끔한 척. 모르는 척. 아는 척. 맞는 척. 좋은 척. 싫은 척. 주변을 둘러봐. 멀쩡한 사람이 어딨나? 아…… 되게 시적이다. 그치? 척. 척. 척. 운율도 딱 맞고.

사무실 사람들이 가면을 쓰고 '척'한다고? 보람은

김 팀장, 성여진, 여민정, 김진호를 차례대로 바라보았다.

—모르겠어요. 사람들이 어떤 가면을 쓰고 있는지. 왜 나만 오해받는지도 모르겠고.

—오해? 무슨 소리야? 누가 뭐라 해?

—나를 아스퍼거라고 하니까. 내가 왜 그런 오해를 받는지 이해가 안 되고. 자폐 성향이 있는 거랑 자폐는 다른데. 그냥 성향이 자폐적이라는 건데.

—사람은 자기가 보고 싶은 것만 보고 듣고 싶은 것만 들어. 원래 인간이란 자체가 소통 불가능한 생물이야. 그러니까 시를 쓰는 거지. 소통하고 싶어서. 사무실 사람들 잘 살펴봐. 다 이상하지. 난 유기농 옷 입는 여자가 제일 이상하더라.

—성여진 과장님이요? 뭐가 이상해요?

—엄청 까탈스럽잖아. 나는 유기농 옷이 있다는 말은 처음 들었네. 그런 사람이 사회생활은 어떻게 해? 유기농 옷을 입는 사람이랑 말이 통해?

유기농 옷을 입는 것과 소통이 어떤 상관관계가 있다는 것인지 보람은 이해할 수 없었다. 화학적 처리를 하지 않은 천으로 만든 옷을 입는 성여진은 인기가 좋다. 오히려 소통에 문제가 있는 사람은 성여진이 아니라 다른 사람들이었다. 칼을 품고 매사 비꼬는 김 팀장, 모든 대화의 끝을 자기 일화로 끝내는 김진호, 명품 가방의 정가품 판정으로 대화의 맥을 끊는 여민정도 대인 관계에 문제가 있다. 게다가 그들은 말하기를 좋아한다. 그럼에도 그들은 잘 어울린다.

—그나저나 내 시 봤지? 어때?

보람은 일에 집중할 수 없었다. 밥벌이와 정체성. 오순자는 대수롭지 않게 말해도 정체성은 중요하다. 퇴직 때까지 아스퍼거인 척 연기할 순 없었다. 삶이 망가질 것이다.

퇴근을 두 시간 앞두고 본부장이 커피와 딸기케이크를 사무실에 돌렸다. 광화문 일대에서 꽤 유명한 케이크다. 직원들이 본부장에게 커피와 케이크를 받으며 연거푸 고맙다고 했다. 커피나 인스턴트 음식, 밀가루는 일절 먹지 않는 성여진도 커피를 받았다. 다른 사람들이 커피와 케이크를 받는 모습을 보며 성여진이 활짝 웃고 있었다.

"속은 좀 괜찮아요?"

본부장이 보람에게 케이크를 건네며 나지막한 목소리로 물었다. 보람이 입술을 달싹였지만, 목소리가 나오지 않았다.

"너무 늦게까지 일하지 마시고 칼퇴근하세요. 그럼 수고하세요."

본부장의 말에 팀원들이 손뼉을 치며 휘파람을 불었다. 본부장이 부드럽게 웃으며 몸을 돌렸다. 보람은 사무실을 나가려는 본부장의 팔을 잡았다. 사람들의 시선이 둘에게 쏠렸다.

"본부장님. 저 아스퍼거 맞는 거 같아요."

본부장이 보람의 손을 지그시 잡았다 놓았다.

"김보람 씨도 칼퇴근하세요."

보람의 팔이 맥없이 떨어졌다. 본부장이 사무실을 나갔다. 보람은 본부장의 대답을 이해할 수 없었다. 횡단보도를 건너고 싶었다. 하지만 지금은 근무 시간이다. 보람은 방금 있었던 일을 오순자에게 알리고 서랍에서 핀셋을 꺼냈다. 하얀 생크림 위에 커다란 딸기가 반짝였다. 오순자에게 톡이 왔다.

─잘했어. 먹고는 살아야지. 집에 들어가는 중. 나지금 '척'으로 시 쓰는 중. 이따가 초고 보내 줄게.

보람은 딸기케이크를 입에 넣었다. 생크림이 입안에서 사르르 녹았다. 씨를 제거한 딸기는 부드럽고 달았다. 수고한 보람이 있었다.

퇴근 시간, 회사 앞 건널목에 신호를 기다리는 사람이 많았다. 오늘 본부장의 지시 사항은 칼퇴근. 보람은 칼같이 퇴근했다. 신호등에 초록불이 들어왔다. 물고기 떼처럼 우르르 횡단보도를 건너는 사람들을 보람은 잔뜩 긴장한 채 바라보았다. 수많은 눈동자가 몰려왔다가 사라지는 시간. 불안감과 초조감이 사그라지고 안정감이 찾아오는 시간을 기다렸다. 깜박깜박, 까깜박 깜빡깜빡, 초록불이 점멸했다. 횡단보도를 점령했던 사람들의 숫자가 줄어들었다. 초록불이 빠른 속도로 꺼졌다 커지기를 반복할 때 보람은 횡단보도에 발을 디뎠다. 까까까까깜빡깜빡 다급하게 깜박이는 초록불은 보람의 것. 누군가와 눈이 마주치거나 어깨를 부딪칠 일 없이 안전하다. 세이프. 괜찮아, 파란불이잖아. 보람은 웅얼거리며 횡단보도를 건넜다.

카피라이터, 김 과장

출근하는 직원들의 표정이 우거지 죽상이다. 회사가 잘 돌아간다는 뜻이다. 출근하는 직원의 표정이 밝으면 문제가 있는 거다. 이직을 앞두고 있든지 정신에 문제가 생겼든지.

"이사님, 벌써 출근하시는 거예요?"

징징대는 목소리가 들렸다. 김 과장이다. 내가 사내에서 마주치고 싶지 않은 유일한 직원이고, 나를 '대표님'이 아니라 '이사님'이라고 부르는 유일한 직원이기도 하다. 김 과장이 나를 부르는 호칭이 기분이 나쁘거나 못마땅한 건 절대 아니다. 묘하게 거슬렸다. 김 과장에게 직접 묻기엔 뭣해서 김 과장의 직속상관인 성 팀장에게 넌지시 물어본 적이 있다. "대표이사니까 이사님이라고 부르는 거래요." 성 팀장이 피식 웃으며 알려줬다. 틀린 말은 아닌데 김 과장이 고문관이 될 거 같은 불길한 예감이 들었다. 김 과장은 입사 초기부터 지금까지 '독특함'과 '요상함' 사이를 줄타기하며 나를 자극했다.

나는 양팔을 쭉 편 후 목에 두른 깁스를 과장되게 잡고 슬로모션처럼 느리게 몸을 돌렸다. 이틀 전, 신호대기 중에 교통사고가 났다. 마음 같아선 고급 한방병원에 누워 일주일 정도 푹 쉬고 싶었는데 회사 매각을 앞두고 있었고, 환자 보호자를 위한 도시락 브랜드, 가디언 론칭이 한 달밖에 안 남았다.

"가디언 론칭이 코앞인데 어쩌겠어요. 출근해야지."

김 과장이 벤티 사이즈 아이스 아메리카노를 마시며 고개를 끄덕였다. 여름인데도 입가에 허연 버짐이 퍼져 있다. 회색 면티는 구깃구깃했고 샌들 아래 드러난 발톱엔 때가 까맣다. 야구 모자를 들추면 정수리에 비듬이 덕지덕지 붙어 있겠지. 열심히 일하는 모습이 아름다웠다.

"인력 보충 언제 해 주실 거예요?"

김 과장이 눈을 똥그랗게 뜨고 물었다. 불길한 예감은 틀리지 않는다. 나는 김 과장의 직진이 무섭다. 김 과장은 대화의 맥락이나 분위기를 고려하지 않고 돌직구를 날린다. 가령 이런 식이다.

3년 전, 우리 회사가 새벽 배송 마켓에 입점한 기념으로 거하게 회식했을 때다. 당시 우리 회사 이유식은 업계 2위였고—1위와 근소한 차이였다—아기 엄마들을 위한 도시락, '엄마도 밥 좀 먹자'를 막 론칭한 상태였다.

"이유식 1위를 향하여!"

직원 모두가 결의에 차서 "향하여"를 복창했는데 김 대리가―당시는 과장이 아니라 입사 1년 차 대리였다―탕 소리가 나게 술잔을 테이블에 내려놓으며 말했다.

"재택근무하고 싶어요."

머릿속이 하얘졌다. 10년 남짓 대기업 인력개발부에서 별꼴을 다 봤다고 생각했는데 착각이었다. 회식 자리에서 깽판을 치는 경우는 대부분 술기운을 빌리기 마련인데 회식 시작과 동시에 깽판을 치는 사람은 처음 봤다.

"김지선 대리님, 지금은 오마켓 입점 기념 회식이니까 업무에 관한 이야기는 따로 날을 잡아서 면담하는 게 어떨까요?"

성 팀장이 온화한 목소리로 김지선을 달랬다. 성 팀장의 미간에 참을 인(忍) 자가 보였다. 성 팀장은 김지선이 보살 리트머스 시험지라고 말한다. 그를 참을 수 있으면 보살이고, 그렇지 못하면 범인이다. 성 팀장은 생불이 되겠다고 농담하다가 잿더미가 될 거 같다고 내게 호소하곤 했다.

"재택근무하고 싶다고 말한 지 반년도 넘었는데 아직도 묵묵부답인 게 너무한 거 아니에요?"

김지선은 도시락 편지를 쓰는 카피라이터다. 그의 승진은 고속 엘리베이터였다. 입사한 지 6개월 정도 됐을 때 그가 직속상관인 성 팀장을 건너뛰고 나를 찾아왔다. 편지 쓸 시간도 부족한데 상품 후기에 댓글까지 달아 주는 건 힘들다고 했다. 출퇴근에 네 시간이 걸린다는 말도 덧붙였다.

고객이 댓글 서비스를 얼마나 좋아하는데 힘들다고 징징대는 건 프로 정신이 없는 거다. 일주일에 고작 열댓 개의 편지를 쓰는 게 힘들면 카피라이터를 하면 안 되는 거다. "회사 근처로 이사하는 건 어때요?" 김지선의 입술이 툭 튀어나왔고 순식간에 눈이 그렁그렁해졌다. 내가 무슨 큰 잘못이라도 저지른 양 울먹울먹하다가 뛰쳐나갔다. 일명 '엄마밥' 론칭을 준비할 때도 김지선은 업무량이 두 배나 늘었다며 또 나를 찾아왔다. 월급을 올려 주든지 재택근무를 허락해 달라며 떼를 썼다. 편지 구독 서비스는 마케팅 팀에 속해 있다. 김지선 사원의 직속상관인 성 팀장과 상의해야 할 일이었다. 김지선이 발끈했다. 성 팀장이 자기를 미워해서 재택근무를 허락하지 않는다며 억울해했다.

내가 아는 성 팀장은 왕따를 주도하거나 괴롭힐 성정은 아니다. 하지만 부하 직원과 상사 사이에 문제가 발생할 경우, 상사가 가해자일 가능성이 크다. 나는 마케팅 팀원들과 개별 면담을 진행했다. 김지선이 메신저를 바로바로 확인하지 않아서 소통이 힘들다는 건 사실이었다. 마지막으로 성 팀장과 면담했다. 성 팀장은 편지 마감 때문에 피가 마른다고, 김지선을 뽑은 자기 눈을 찌르고 싶다고 했다. 팀원 모두 김지선이 재택근무를 하게 되면 편지 구독 서비스에 차질이 생길 거라고 예상했다. 나는 재택근무 대신 당시 사원이었던 그를 대리로 승진시켰다. 연봉도 직급에 맞게 2퍼센트나 올려 줬다. 대리 승진 두 달 만에, 김지선은 회식 자리에서 또 재택근무 타령이다.

"와이파이가 얼마나 보안에 취약한데 집에서 근무하겠다는 말인가요? 그러다가 해킹이라도 당하면 어쩔 건데요. 김 대리님이 책임질 수 있어요?"

성 팀장의 미간에서 참을 인이 사라졌다.

"누가 편지를 해킹해요?"

할 말은 많은데 할 수 없다. 제품보다 부록처럼 딸려 나가는 편지가 엄마들에게 인기가 많았다. 이유식 재구매율이 70퍼센트 이상인 이유는 편지 구독 서비스 때문이다. 당연히 다른 이유식 회사에서 편지를 노릴 수 있다. 이유를 말하는 순간 김지선의 가치는 우리 회사가 감당할 수 없는 수준이 되고 만다. 김지선, 본인만 모르는 비밀이다.

"빅 데이터 없이 편지 쓸 수 있어요? 데이터 해킹당하면 김 대리님이 손해 배상할 거예요? 데이터 없이 글 쓸 수 있다면 재택근무하세요."

성 팀장의 공격에 김 대리는 붕어처럼 입술만 뻐끔댔다. 문장이 좋다고 감동을 주는 건 아니다. 특히 편지는 대상이 분명하다. 6개월, 9개월, 12개월, 15개월 아기의 엄마들에게 같은 내용의 편지를 보내면 그들은 별 감흥을 느끼지 못한다. 우리 회사는 생리 주기 앱과 임신, 출산 앱에서 데이터를 사들이는 데 많은 투자를 했다. 엄마들의 나이, 임신 계획에 투자한 시간, 자녀 수, 소득, 지역과 맞벌이 여부 등의 데이터를 활용해서 맞춤 편지를 썼다. 김 과장이 편지를 잘 쓸 수 있는 토대가 바로 빅 데이터다. 김 과장이 뚱한 표정으로 술잔을 잡았다.

3년이나 지났어도 그날 회식이 오늘 일처럼 생생하다. 지난 3년간 김 과장은 불쑥불쑥 사장실에 쳐들어왔다. 사원이 4년 만에 과장이 된 건 다 이유가 있다.

"공모전 준비하고 있습니다. 내가 진짜 목이 너무 아픈데, 입원해야 하는데……."

나는 목에 두른 깁스를 보란 듯 토닥였다. 교통사고 당한 지 이제 겨우 서른여섯 시간 남짓 지났을 뿐이라고 구차하게 말을 덧붙였다.

"카피라이터를 꼭 공모전으로 뽑을 필요는 없잖아요. 공모전 열면 회사 홍보는 되겠지만 지금은 사람이 급하다고요. 저 너무 힘들다고요."

우리가 대기업도 아니고 카피라이터를 두 명이나 채용하는 건 힘들다. 여건이 돼서 카피라이터를 한 명 더 채용한다면 무조건 공모전이다. 공모전을 열면 회사 홍보가 저절로 되고, 응모자들이 응모한 편지 저작권도 회사에 귀속된다. 공모전은 꿩 먹고 알 먹는 카드다.

"출퇴근 힘들다면서 왜 출근했어요. 재택하라고 보안 랜선까지 깔아 줬는데……."

아깝게, 라는 단어는 속으로 꾹 삼켰다. 1년 전부터

김 과장은 재택근무를 하고 있다. 당시 김 과장은 일주일에 서른대여섯 개 남짓 되는 편지를 썼다. 길어야 대여섯 줄, 짧으면 서너 줄인데 그걸 제시간에 못 끝내고 허구한 날 시간 외 수당을 신청했다. 수당도 문제지만 김 과장이 자발적으로 야근해도 회사는 노동법을 위반하는 게 된다. 어떻게 해야 하나, 고민할 때 김 과장이 재택근무를 신청했다. 시간 외 수당과 빌어먹을 노동법, 보안 랜선 비용을 따져 보았다. 보안 랜선 비용이 생각보다 저렴했다. 김 과장이 재택근무를 하면 마감을 지키지 못할 거라는 성 팀장의 예상도 빗나갔다. 김 과장의 재택근무는 김 과장도 회사도 만족스러웠다. 그런데 요즘 김 과장이 자꾸 출근한다.

"사람답게 살려면 출근해야 해요. 집에서 일하니까 계속 일만 하게 돼요. 퇴근이 없어요."

귀신 씻나락 까먹는 소리 하고 있다. 야근 수당을 챙기려는 속셈이 분명하다.

"그래서 나도 출근이 좋아요. 그럼, 오늘도 수고하세요. 김지선 과장님."

나는 김 과장을 피해 사무실로 들어갔다. 김 과장이 나를 따라 들어왔다.

"사람 언제 뽑을 건지 아직 대답 안 해 주셨어요. 가디언까지 제가 다 할 순 없어요. 이번 달 내로 인원 보충 안 해 주시면 퇴사할 거예요."

"이번 달이면 3주도 안 남았어요."

김 과장이 예의 뚱한 표정으로 나를 쏘아보았다.

"결국 가디언까지 저 혼자 다 하라는 말씀이네요? 일주일 동안 써야 할 편지가 마흔여섯 개, 상품 구매 후기에 댓글도 저 혼자 다 달아야 하고. 맞죠?"

당연하다. 우리 회사 카피라이터는 김 과장이다.

"일단 가디언부터 론칭합시다. 공모전은 최대한 빨리 열게요. 김 과장님 오늘은 좀 봐줘요. 목이 아파서 그런지 머리도 무겁고. 교통사고가 이렇게 무섭습니다."

"인력 보충 안 하실 거면 연봉 올려 주세요. 10퍼센트."

출근한 이유가 이거였군. 연봉 10퍼센트 인상이면 성 팀장 연봉과 같다.

"회사 위계가 있는데 팀장과 팀원 연봉이 같을 순 없습니다."

"그러면 성 팀장님 연봉도 올려 주고, 제 연봉도 올려 주세요."

맹랑하다 못해 깜찍해서 숨이 턱 막혔다. 가디언이고 나발이고 다 때려치우고 싶었다. 지난해 겨울, 대기업 푸드 서비스에서 매각을 제안받았다. 성 팀장과 나는 매각을 결심하고─성 팀장은 창업 멤버로 회사 지분 10퍼센트를 가지고 있다─회사 가치를 높이기 위해 환자 보호자 도시락 론칭을 준비했다. 우리 회사 도시락 중 이유식과 엄마밥은 압도적인 1위지만 건강 도시락 성적은 하위권이었다. 위로와 공감에 탁월한 김 과장의 편지는 건강 도시락엔 통하지 않았다. 환자 보호자는 아기 엄마들처럼 위로가 필요한 사람들이다. 우리 회사엔 위로 전문가, 김 과장이 있다. 환자 보호자 도시락, 가디언이 성공할 수밖에 없는 이유다. 가디언이 성공하면 회사의 가치는 올라간다. 나는 부자가 된다. 미소가 저절로 지어졌다.

"연봉 올려 주기 싫으면 업무량이라도 줄여 주세요. 과로사할 거 같아요. 저는 편지만 쓰고 싶어요. 제품 후기에 댓글 다는 건 챗GPT로 하고요. 훈련만 잘 시키면 웬만한 카피라이터보다 챗GPT가 나을 수도 있어요."

희한한 논리다. 연봉이 낮으면 과로사하고 연봉이 높으면 괜찮단 말인가? 건수만 잡으면 사업주 머리채를 쥐고 흔든다.

"우리 회사의 강점은 감성인데 챗봇은 좀 그렇죠. 김 과장님, 오늘은 좀 봐줘요. 전치 2주 나왔는데 하루밖에 못 쉬었어요. 서 있는 것도 어지럽습니다. 골이 흔들려서."

"챗봇이랑 챗GPT는 다른데…… 많이 아프세요?"

김 과장이 빨대를 쪽 빨며 물었다. 지금까지 계속 아프다고, 죽겠다고 말했는데…… 한 대 쥐어박고 싶었다.

"인력 보충을 해 주시든지, 업무를 줄여 주시든지, 연봉을 올려 주시든지. 뭐든 해 주세요. 안 그러면 저 진짜 퇴사할 거예요."

우리 김 과장, 협박의 기술이 날로 늘고 있다. 이러다 회사 지분까지 달라고 하겠네. 어이가 없어서 웃음이 났다.

"이사님 스니커즈, 그거 백만 원짜리죠? 예쁘네요. 좋은 하루."

김 과장이 방긋 웃고는 사무실을 나갔다. 뜬금없이 웬 운동화 타령인가. 사 달라는 건가? 멕이는 건가? 뭐가 됐든 나는 인력을 보충할 마음이 손톱만큼도 없다.

회사 매각을 앞두고 인력을 보강하는 건 재무제표에도 좋지 않았고, 시간과 노력 대비 남는 게 별로 없다. 지난한 과정을 통해 사람을 뽑아도 수련의 기간을 견디고, 제 몫을 다하기까지 시간이 걸린다. 경력직은 어떤가. 연봉과 복지에 따라 메뚜기 떼처럼 움직이는 경력 사원들은 신입 사원보다 더 골치 아팠다. 사람 속을 박박 긁기는 하지만 능력 있는 카피라이터 김 과장을 만난 건 천운이었다.

도시락은 진입 장벽이 낮은 레드 오션 시장이다. 품질과 가격은 엇비슷하다. 도시락 시장에서 중요한 건 유통망과 마케팅이다. 유통망이나 물량 마케팅은 대기업을 따라갈 수 없지만 감성 마케팅은 창의력 싸움이다. 이유식 회사 대부분이 빅 데이터를 통해 수집한 소비자의 취향에 맞춰 무료 샘플을 보낸다. 우리 회사는 무료 샘플에 엄마들의 마음을 어루만져 줄 수 있는 따뜻한 말과 달콤한 향이 나는 디카페인 티백을 보냈다. 당시엔 에세이 구독이 유행이었다. 반응이 괜찮았다. 문제는 따뜻한 말의 고갈이었다. 온갖 책에서 위로가 될 만한 문구들로 돌려막기에는 한계가 있었다. 정규직 채용과 상금 백만 원을 걸고 이유식 편지 공모전을 열었다. 응모한 작품의 저작권은 회사로 귀속된다는 조항에도 불구하고 응모작이 밀려들었다. 내로라하는 광고 회사 전직 카피라이터, 시인, 수필가, 소설가 등등 우리나라에 글 쓰는 사람이 이렇게 많았나 싶었다. 대상이 바로 김 과장이다.

　─나는 분명 엄마인데, 엄마 노릇을 잘하는 게 어떤 건지 도통 모르겠어요. 엄마가 아닐 때는 결정이 쉬웠는데 엄마가 되니까 모든 게 다 어렵네요.

　나는 김 과장의 편지가 마음에 들지 않았다. 편지가 짧은 것도 별로인 데다가 육아의 치열함이 전혀 느껴지지 않았기 때문이다. 성 팀장 의견은 달랐다. 김 과장의 글에는 첫아이를 낳은, 미숙한 엄마만이 느낄 수 있는 감성이 있다고 했다. 우리의 예상과는 달리 김 과장은 미혼이었다.

　빅 데이터와 감성, 두 개의 날개를 달고 날아야 했는데 전염병이 창궐했다. 망했다고 생각했다. 재택근무가 늘어났고 집에 있는 시간이 많아졌으니 엄마들이 직접 이유식을 만들 줄 알았는데 아니었다. 출근과 퇴근의 희미한 경계선에서 발을 동동 구르는 엄마들은 누군가 퇴근 후의 삶을 이야기해 주길 바랐던 것이다. 엄마들은 이유식 편지를 읽고 상품 후기를 남기고, 처지가 비슷한 엄마의 후기에 댓글을 다는 것으로 퇴근 의식을 치렀다. 엄마들 사이에 입소문이 난 덕에 우리 회사는 이유식 업계에서 브랜드 선호도 1위가 됐다. 이유식뿐만 아니라 아이밥, 엄마밥까지 대상을 넓혔다. 김 과장의 역할은 더 막중해졌다. 빅 데이터를 통해 얻은 정보는 김 과장의 손을 통해 언어가 된다. 김 과장은 날마다 타인의 고통을 뽑아냈다. 상품 후기는 육아의 섬에 고립된 엄마들의 연결 고리가 되었다. 외로움과 고달픔이 클수록 연대는 단단해졌다. 단단한 연대는 매출과 연결됐다. 지난해엔 성 팀장의 제안으로 이유식 편지를 출간했다. 40만 부나 팔렸다. 지금도 잘 팔린다. 책이 돈이 될 줄은 꿈에도 몰랐다. 한마디로 우리는 대박이 났다는 말이다.

*

김 과장의 집은 경기도 외곽에 있는, 정비가 잘된 주택 단지에 있었다. 소방 도로를 따라 들어선 필로티 구조 다가구 주택가엔 함부로 방치된 쓰레기가 없었고 불법 주차 차량도 눈에 띄지 않았다. 나는 주차장에 차를 대고 차 안에서 화를 삭였다. 공장에서 포장재를 점검하는 중에 성 팀장의 전화를 받았다.

"대표님, 김 과장이 사표 수리했냐고 묻던데. 사표 냈어요? 내일이 가디언 론칭인데. 대표님. 듣고 있어요? 여보세요. 대표님. 여보세요."

김 과장은 앞 통수도 모자라 뒤통수까지 쳤다. 열흘 전, 김 과장이 사표를 들고 내 사무실에 쳐들어왔다. 인력 보충이든, 연봉 인상이든, 업무 감경이든 뭐든 해 줘야 하는 거 아니냐며, 왜 아무것도 안 해 주냐고 따졌다. 타이밍이 절묘했다. 가디언 론칭을 앞둔 상태라서 나는 속수무책으로 당했다. 연봉 3퍼센트 인상을 약속하고 김 과장이 보는 앞에서 사표를 찢었다. 그래 놓고 성 팀장에게 사표 수리했냐고 묻다니, 피가 거꾸로 솟았다. 뒷좌석에 팽개쳐 놓았던 깁스를 목에 두르고 차에서 내렸다. 공용 현관 앞에서 억지 미소를 지으며 인터폰을 눌렀다. 딸깍 소리와 함께 인터폰 카메라에 빨간 불이 들어왔다.

"김지선 과장님, 저 한민영 이사예요."

딸깍 소리와 함께 인터폰 카메라 불빛이 꺼졌다. 나

는 다시 인터폰을 눌렀다. 김 과장은 묵묵부답이다. 나는 김 과장에게 카톡과 문자를 보내고, 통화를 시도했다. 김 과장은 카톡과 문자를 읽지도 않았고 전화도 안 받았다. 김 과장 집 앞으로 나와 입가에 손을 대고 큰 소리로 외쳤다. "김 과장님, 집에 있는 거 다 압니다. 나와서 이야기 좀 해요." 203호는 반응이 없다. 나는 더 크게 외쳤다. 3층 창문이 열렸다. "저기요, 애 깨요." 창문에서 여자가 말했다. "죄송합니다. 203호랑 볼일이 있어서 그런데 저 좀 들여보내 주시면 안 될까요?" 절박한 심정으로 두 손을 모으고 3층 여자에게 빌었다. "경찰에 신고할 거예요." 3층 여자가 창문을 닫았다. 뒷골이 당겼다. 나는 깁스를 풀고 뻣뻣한 목을 문지르며 차로 돌아갔다. 차 안에서 성 팀장에게 전화를 걸었다. 성 팀장은 다급하게 카피라이터를 구하는 중이었다. 나는 김 과장 집 앞에서 진을 치기로 했다.

오후 5시. 배달 오토바이가 주차장에 들어왔다. 배달원이 핸드폰을 보며 공용 현관문을 열었다. 나는 재빨리 배달원에게 달려가 물었다. "혹시 203호?" 배달원이 "203호세요?" 되물었다. 나는 방긋 웃으며 손을 내밀었다. 배달원이 나를 아래위로 잠시 쳐다보다가 음식이 담긴 봉투를 주었다. 기다리는 자에게 복이 온다더니, 옛말 틀린 거 하나 없다. 나는 주문서를 확인했다. '203호. 김철수. 문 앞에 놓고 가 주세요. 기다리면 신고합니다.' 주문자 이름이 달랐다. 이상할 건 없었다. 혼자 사는 여자들은 남자 이름을 사용하기도 한다. 주문서대로 문 앞에 배달 음식이 든 봉투를 내려놓고 계단에 앉아 문이 열리길 기다렸다. 5분 정도 기다렸을 때 203호 문이 빼꼼 열렸다. 가느다란 손목이 나왔다. 나는 재빨리 현관문을 잡았다. 김 과장이 괴성을 지르며 내 팔뚝을 물어뜯었다. "김 과장님, 접니다. 한 이사." 그제야 김 과장이 고개를 들었다. 겁에 질린 표정이었다. 놀라게 하거나 무섭게 할 마음은 없었는데 미안했다. "여기서 뭐 하는 거예요?" 김 과장이 소리를 질렀다. 여기서 뭐 하겠어, 김 과장 만나려고 이러고 있었겠지. "놀라게 해서 정말 미안해요. 김 과장님 얘기 좀 합시다." 김 과장에게만 집중하고 싶었는데 팔뚝이 너무 아팠다. 다행히 살점이 뜯기진 않았다. 잇자국만 선명했다. "할 말 없어요." 김 과장이 배달 음식을 들고 집 안으로 들어갔다.

"연봉도 올려 주기로 했는데 이러는 이유가 뭡니

까? 이유나 압시다. 내일이 론칭인데 이건 진짜 아니지. 원하는 게 있으면 말로 해요. 말로."

나는 현관문에 대고 애걸복걸했다.

"업무량이 많아서 혼자서는 힘들다고 몇 번이나 말했잖아요."

"그래서 연봉으로 합의 보지 않았습니까? 그리고 퇴사하더라도 인수인계는 해야지 이런 경우가 어딨습니까."

"합의요? 이사님이 일방적으로 결정했으면서. 그게 어떻게 합의예요? 지금까지 이사님은 한 번도 제 사정 봐준 적 없으면서 왜 저만 회사 사정 봐줘야 하는데요? 저는 분명히 사표 냈어요."

입안에서 욕이 씹혔다. 나는 숨을 천천히 들이켰다가 뱉었다. 가만두지 않겠다. 가디언 론칭만 끝나면 김 과장은 바로 해고다. 해고와 동시에 소송 건다. 다시는 이 업계에 발도 못 들이게 할 것이다.

"오케이. 10퍼센트. 김 과장님이 원하는 대로 10퍼센트 올려 줄게요. 우리 이러지 맙시다." 미친 거다. 성 팀장이 이 사실을 안다면……. 성 팀장 모르게 올해만 버티면 된다. 회사를 매각하면 더는 김 과장을 볼 일 없다. 임금 협상도, 김 과장의 생떼도 내 몫이 아니다.

"내가 모를 줄 알아요? 나 다 알아요."

순간 마음이 뜨끔했다. 김 과장이 무엇을 안다는 말인가, 설마 아니겠지. 회사 매각은 나와 성 팀장만 알고 있었다.

"국수 불어요. 계속 괴롭히면 신고할 거예요."

김 과장은 정말로 나를 경찰에 신고했다. 나는 경찰관들에게 끌려가면서 김 과장을 저주했다. 뒷골이 찌릿했다. 손가락으로 머리와 목 사이 오목한 부분을 찾아 꾹꾹 눌렀다. 이 미친 상황을 어떻게 해결해야 하나, 아무리 생각해도 답이 보이지 않았다. 심란한 마음으로 회사로 돌아갔다.

마케팅 회의실에 사람들이 북적북적했다. 성 팀장이 급하게 부른 카피라이터들에게 가디언에 대해 설명하고 있었고, 마케팅 팀원들은 인터넷과 책에서 편지 문구를 채집하고 있었다. 가슴이 답답해서 회사 옥상으로 올라갔다. 바람이 후텁지근해서 숨이 턱턱 막혔다. 어떻게 나를 경찰에 신고할 수 있을까. 하루가 천년 같았다. 어쩌면 나는 지독한 악몽을 꾸고 있는지도 몰랐다. 머리에서 땀이 뚝뚝 떨어졌다. 손으로 축축한 얼굴을 닦아냈다. 땀이 눈에 들어갔다. 눈이 따가워서 눈물이 났다. 나는 옥상 난간을 부여잡았다. 콧물이 줄줄 흘렀다. 젠장, 휴지도 손수건도 없다. 하는 수 없이 한쪽 코를 막고 번갈아 코를 풀었다. 신기하게도 손에 콧물이 묻지 않았다. 순간 정신이 번뜩 들었다.

이가 없으면 잇몸이다. 이 맛에 사업하는 거다.

사무실로 내려갔다. 직원들이 김 과장 자리에 모여서 수런수런했다. 파트타임 카피라이터 한 명이 김 과장의 컴퓨터를 확인하자고 했다. 편지를 한 번에 뚝딱 쓰진 못했을 거고, 분명 여러 번 고쳤을 것이라며 미완의 글이라도 확보하자고 제안했다. 김 과장의 컴퓨터엔 비밀번호가 걸려 있었다. 나는 해킹 전문가를 부르라고 지시했다.

해킹 전문가가 비밀번호를 풀었다. 비밀번호는 '성팀장씨발련'이었다. 내가 먼저 생각할 수 있었는데 쓸데없이 비용을 쓰다니, 짜증 났다. 해킹 전문가는 김 과장의 컴퓨터에 저장된 편지 폴더 비밀번호도 풀었다. 편지 폴더 비밀번호는 '사장님나빠요'로 시작하는 매우 긴 욕이었다. 어이없고 황당하고 괘씸했다. 가디언 편지 폴더는 텅 비어 있었다. 김 과장은 일을 하나도 하지 않았다. 월급 도둑이다!

"코딩 프로그램이 있네요."

해킹 전문가가 김 과장의 컴퓨터를 들여다보며 말했다.

"빅 데이터 프로그램일 거예요. 빅 데이터를 기반으로 편지를 작성하거든요."

성 팀장이 한숨을 내쉬며 말했다. 김 과장은 이유식, 엄마밥, 아이밥, 건강 도시락에 관련된 빅 데이터를 기반으로 대상을 세분화해서 편지를 쓴다.

"빅 데이터가 아니라 AI 글쓰기 프로그램인데요."

해킹 전문가가 이유식 카테고리를 열었다. 열 개가 넘는 빈칸이 있었다. 성 팀장이 빈칸에 단어를 입력했다. #자녀1/9개월/서울/맞벌이/35살/엄마/야근/을 입력하자 글쓰기 프로그램은 순식간에 문장을 내놓았다.

─야근 없는 세상에서 살고 싶어요. 아이와 눈을 맞추고 웃어 주고 안아 주고 싶은데 기운이 하나도 없네요. 나이 때문일까, 자질이 없는 걸까. 야근도 엄마 노릇도 힘들기만 해요. 그런데요, 그건 맞아요. 힘든 나이예요. 오늘은 아이보다 나를 먼저 안아 줄래요.

—야근 중이에요. 엄마가 보고 싶어요. 엄마한테 전화하고 싶은데 지금은 엄마가 주무실 시간이네요. 나는 엄마가 아니라 아직도 엄마가 필요한 아이 같아요.

—회사에서 묻혀 온 짜증과 분노를 현관 앞에서 먼지 털듯 털어 내어요. 혹여 아이가 깰까, 놀랄까 조심히 문을 열어요. 야호! 아이가 자고 있어요. 냉장고에서 차가운 맥주 한 캔. 캬아~ 좋아요.

머리가 어질어질했다. 웬만한 카피라이터보다 챗GPT가 나을 수도 있다는 김 과장의 말이 떠올랐다. 뒤에서 몰래 인공지능 글쓰기 프로그램을 돌려서 문장을 받아내면서 위대한 창작자, 착취당하는 창작자처럼 굴다니. 고소감이다.

"가디언도 가능할 거 같아요. 대표님."

성 팀장이 김 과장 자리에 앉으며 말했다.

#간암말기/50세/주부/서울/강북/자녀2/20세/17세/

—간암 말기의 상황을 마주하고 있는 당신을 응원합니다. 힘든 시기일수록 소중한 가족과 함께하는 시간이 위안이 되기를 바랍니다.

—간암 말기라는 상황에서, 돌봐야 할 자녀가 있어서 더욱 힘들겠지요. 당신은 혼자가 아닙니다. 강북구

에서 받을 수 있는 지원이 있을 겁니다.

　―저는 서울, 강북에 살고 있습니다. 아이가 둘인데 간암 말기입니다. 까맣게 변한 얼굴, 복수가 차오른 배를 보면서도 저는 희망이 있다고 믿습니다.

　―두 자녀와 서울에서, 강북에서 살고 있어요. 엄마가 아파서 미안해요. 20세가 되면 엄마와 함께 여행을 가고 싶었는데.

　키워드에 따라 편지 내용과 분위기가 확확 달라졌다. 두 시간 동안 글쓰기 프로그램은 저작권에 영향을 받지 않는 편지를 1만 편 가까이 생산했다. 아쉽게도 편지 대부분이 얼토당토않았다. 파트타임 카피라이터가 키워드에 '간병'을 넣어 보자고 제안했다.

　"키워드에 간병이 들어가니까 방향성이 잡히네요. 오늘은 아무래도 즐거운 야근이 될 거 같네요. 대표님."

　이래서 내가 성 팀장을 좋아한다. 일에 대한 열정으로 활활 타오르는 성 팀장은 멋지다.

　"마케팅 팀원 모두에게 인센티브 약속합니다."

　나는 악랄하거나 멍청한 사장이 아니다. 열정 페이는 개나 줘 버려. 열정이 식지 않도록, 일한 만큼만 돈 주는 사람이다. 악랄한 건 김 과장이다. 김 과장은 카피라이터가 아니라 방대한 데이터를 통해 뽑아낸 데이터에 키워드를 설정해서 문장을 뽑아내는 데이터 애널리스트였다. 우리가 대화를 나누고, 생리 현상을 해결하는 순간에도 글쓰기 프로그램은 묵묵히 성실히 일했다. 노동 시간을 준수하지 않아도 되고, 불평불만도 없다. 내가 원하던 카피라이터, 김 과장의 모습이었다. 나는 '인간' 김 과장에게 문자를 넣었다.

　─사표 수리했습니다.

*

　나는 엄마밥과 가디언 땡처리 결재 서류에서 시선을 떼고 모니터에 뜬 매출 그래프를 보았다. 그래프가 난잡하다. 기대했던 가디언은 시장 반응이 거의 없었다. 기사와 바이럴 등등 3개월 동안 마케팅에 쏟아부은 돈이 허무할 지경이었다. 대신 계륵이었던 건강 도시락 매출이 가파르게 오르고 있었다. 이유식과 엄마밥 고객이 다이어트로 연계되는 단계가 건강 도시락이다. 판매 실적이 부진했으나 생산비, 마케팅비 대비 적자는 아니었다. 새로운 카피라이터가 오고 나서 건강 도시락 고객층이 넓어졌다. 편지가 콩트같이 재밌어서 다음 편지가 궁금해서 구매했다는 상품평이 즐비했다. 문제는 우리 회사 매출 쌍두마차인 이유식과 엄마밥 매출이 눈에 띄게 하락하고 있다는 거다. 요즘 들어 상품 후기도 너무 안 좋다.

초심을 잃었네요. '엄마도 밥 좀 먹자'나 '우리 아이 첫 식사'를 왜 구매하는지 정말 모르시나요? 그럴싸한 문장이 아니라 진정성 있는 편지를 읽고 싶어요.

진정성이라니. 글은 애초부터 AI가 진정성 있게 쉬지 않고 썼다. 김 과장이 복수하려고 상품 후기를 악의적으로 썼나 싶어서 IP를 추적한 적이 있다. 불평불만으로 가득한 후기를 쓴 고객 대부분이 충성고객이었다.

카피라이터를 교체하자고 성 팀장에게 제안했다. 성 팀장은 건강 도시락 편지는 반응이 좋다며 계약직 카피라이터가 능력이 없는 건 아니라고 두둔했다. '봄이 왔다'와 '봄은 왔다'가 확연히 다르듯 카피라이터의 성향에 따라 글의 분위기가 달라질 수밖에 없다고, 김 과장과 비슷한 성향의 카피라이터를 한 명 더 채용하자고 했다. 이게 무슨 자다가 봉창 두드리는 소리인가, '봄이 왔다'나 '봄은 왔다'가 뭐가 다른가. 봄은 봄이지.

대기업도 아니고 우리 같은 중소기업에서 카피라이터를 두 명이나 고용하는 건 수지가 맞지 않는다. 그렇다고 이유식과 엄마밥 매출이 떨어지는 걸 두고 볼 수도 없는 일이다. 회사 매각이 불리하다. 쓰린 마음으로 엄마밥과 가디언 땡처리를 결재하고 성 팀장을 불렀다. 우리는 카피라이터 공모전으로 다시 이유식과 엄마밥에 활기를 불러일으키기로 했다.

　"무슨 말씀이세요. 저작권은 당연히 우리 거죠."
　내 말에 성 팀장이 미간을 찡그렸다. 예전엔 안 그랬는데 변했다. 회사 매출이 자꾸 떨어지니 자기도 마음이 쓰리겠지. 너른 마음으로 성 팀장을 이해하려고 나는 노력한다. 그래도 그렇지, 회사 위계가 있는데 상사 앞에서 표정 관리는 기본 아닌가.
　"대표님, 저작권은 응모자한테 있는 게 맞습니다. 정규직 채용이 워낙 메리트가 있으니까 응모자들이 저작권 포기하는 거죠. 저작권 가져오려면 정규직으로 가야 해요."
　"계약직이란 말은 빼고 카피라이터 채용한다고 하면 괜찮지 않을까요?"

"대표님, 꼼수 쓰다가 역풍 맞을 수 있어요. 공모전에서 역풍 맞으면 그땐 정말 회사 이미지는 나락으로 떨어집니다. 회생 불가예요."

응모 작품 중에 괜찮은 편지가 꽤 있다. 공모전에서 김 과장의 편지와 마지막까지 다투었던 편지 두 통은 아직도 소비자들에게 회자되고 있다. 이유식 편지는 우리한테나 소중하지, 응모자들은 어디다 써먹지도 못한다. 어차피 버리는 편지, 유용하게 쓸 수 있는 사람한테 주는 게 맞지 않나? 일종의 사회 공헌이라고도 할 수 있다. 아무리 생각해도 저작권을 포기하는 건 아까웠다. 저작권은 잠시 미뤄 두고 공모전 세부 사항을 점검할 때 노크 소리와 함께 문이 열렸다. 들어오라고 허락도 안 했는데 누군가 싶었다. 김 과장이었다. 심장이 입으로 튀어나올 것 같았다. 뭐지, 왜 왔지? 퇴직금 정산까지 정확히 끝을 맺었는데 뭐가 덜 끝났나. 오만 가지 생각이 들었다.

"마케팅 팀 사무실에 갔더니 팀장님 지금 이사님이랑 함께 계신다고 해서요."

김 과장이 자연스럽게 성 팀장 옆에 앉았다. 성 팀장과 나는 불안한 눈빛을 교환했다. 난데없는 등장도 당황스러운데 김 과장이 말끔하게 정장을 차려입고 화장까지 했기 때문이었다. 김 과장은 허리를 꼿꼿하게 펴고 가방에서 서류를 꺼냈다. 그가 내민 서류는 이력서와 자기소개서, 계약서였다.

"저 오늘 재입사 면접 보러 왔어요. 경력직으로."

말문이 막혀서 성 팀장을 바라보았다. 성 팀장도 어안이 벙벙한 표정이었다. 김 과장이 내민 계약서엔 전에 받던 연봉보다 30퍼센트 높은 금액이 적혀 있었다. 편지팀 신설, 김 과장이 팀장을 맡고 팀원을 한 명 이상 채용한다는 내용이었다.

"새로 온 카피라이터랑 일하면 시너지가 좋을 거 같아요. 건강 도시락 반응이 좋더라고요. 가디언은 시장 반응이 거의 없고, 주력 상품들은 후기도 안 좋고 떠리몰에 엄청나게 풀리고 있던데. 저 가디언 자신 있어요. 이유식이랑 엄마밥은 원래부터 잘했고. 아, 그리고 상품 후기에 챗봇으로 댓글 달고 있더라고요. 제가 그렇게 상품 후기에 챗GPT로 댓글 달게 해 달라고 요구할 때는 들은 척도 안 하시더니. 챗봇보다는 챗GPT가 나아요. 쉬는 동안 챗GPT 딥 러닝도 시켰어요. 연봉값 충분히 할 자신 있어요."

김 과장이 이렇게 말을 잘하고 똑똑한 사람이었던가. 내가 김 과장 말에 수긍하고 있었다. 계약서를 읽던 성 팀장이 테이블을 톡톡 쳤다. 내가 미처 확인하지 못했던 독소 조항을 성 팀장이 발견했다. 김 과장이 가디언 도시락 편지에 대한 출판 저작권을 요구했다. 성 팀장은 편지팀 신설과 연봉은 협상 여지가 있지만 저작권은 줄 수 없다고 단호하게 대답했다. 저작권이 김 과장에게 넘어가면 회사 홍보와 상품 후기까지 김 과장의 허락을 받아야만 하기 때문이다.

"저는 출간물에 대한 작가 인세 정도는 받고 싶어요."

"김 과장님, 세상에 그런 법은 없습니다. 회사 월급 받으면서 일한 모든 성과는 개인이 아니라 회사 소유입니다. 법적으로."

"이유식 편지로 돈 엄청 많이 벌었잖아요. 편지 쓴 것도 저고, 후기 모아서 글로 엮은 건 전데 회사만 부자 됐잖아요. 저는 보너스로 10만 원 받았어요."

"김 과장님, 착각하지 마세요. 우리 회사 이유식이 대박이 났으니까 책도 잘 팔린 겁니다. 글이 좋다고 팔리는 세상이 아닙니다. 다 마케팅을 잘해……."

"가디언은 출간은커녕 단종될 거 같은데요. 진정성 없다는 상품 후기가 넘치던데, 아직도 AI가 편지 썼다고 생각하세요?"

이해 안 되는 지점이다. 사람이 아니라 AI가 편지를 썼다는 사실을 소비자들이 알게 된다면, 그래도 소비자들이 진정성 운운할까.

"제가 못 먹고, 못 쉬고, 못 자면서 영혼까지 갈아서 쓴 글이에요."

과장이 심하다. 재주는 AI가 넘고 돈은 김 과장이 벌었다. 김 과장은 AI가 쓴 수백 통의 편지 중에 괜찮은 글을 고르고, 살짝 수정했을 뿐이다. 편지는 김 과장과 AI가 함께 쓴 것이니 AI에게도 권리가 있는 거 아닌가. 복잡하다. 뭐가 됐든 회사에서 월급 받으면서 일한 모든 성과는 회사 소유다. 저작권은 절대 내어 줄 수 없다.

"아니, 근데 솔직히 김 과장님 혼자 편지 쓴 건 아니잖습니까. 보니까 AI 도움을 많이 받으셨던데."

"지금쯤이면 깨달았을 줄 알았는데 아닌가 보네요. 구독자들이 말하는 진정성이 제 노동의 흔적이고 가치예요. 저를 채용하실 마음이 없으신 거 같으니 이만 가 볼게요."

김 과장이 가져온 서류를 챙겨 일어섰다.

"아무리 AI가 발달해도 인간만이 할 수 있는 게 있다고 믿어요, 저는. 제 일자리를 AI한테 속수무책으로 빼앗길 생각은 없어요."

제 발로 나갔으면서, 자다가 봉창 두드리는 소리를 김 과장이 비장하게 해댔다. 머리가 복잡했다. 매출 그래프와 초심을 잃었다는 상품 후기들이 눈앞에 아른거렸다. KO패다. 김 과장이 팀장으로 재입사했다. 30분도 안 되는 시간이었다. 계약서를 받아 든 김 과장, 아니 김 팀장이 활짝 웃으며 사무실을 나갔다.

"저작권이 걸리기는 하지만 그래도 가디언 성공해야 출간도 가능하고 매각에 유리하니까. 우리 좋게 생각해요. 성 팀장님."

나는 성 팀장을 위로했다. 가디언만 성공하면 우리는 부자가 될 수 있다. 지금 느끼는 감정이 뭐가 중요한가.

"저는 회사에 남을 생각이었어요."

성 팀장의 얼굴이 우거지 죽상이었다. 유리 칸막이 너머 보이는 직원들의 표정도 마찬가지였다. 회사가 잘 돌아가고 있다는 소리다.

우체국 여자

수챗구멍에 머리카락이 비누 거품과 엉겨 있었다. 손가락을 넓게 펴 넘기던, 나무 빗으로 정성스럽게 빗던 머리칼이 쓰레기가 되었다. 나는 수챗구멍을 막고 있는 머리카락을 쓰레기통에 버리고 욕실을 나왔다. 한기가 밀려왔다. 포근한 잠옷으로 갈아입고 커피포트에 물을 올렸다. 젖은 머리칼을 털며 오늘 읽어야 할 원고의 수를 셌다. 스무 편이 넘는 원고를 식탁에 올려놓고 드라이어로 머리를 말렸다. 어떤 의식처럼 나의 손가락은 머리카락이 나지 않은 두피를 찾는다. 정수리에서 왼쪽으로 손가락 두 마디 정도 떨어진 곳에서 맨들맨들하고 매끈한 감촉이 느껴졌다. 오백 원짜리 동전보다 약간 작다. 내 눈으로 직접 볼 수는 없지만 나보다 키가 큰 사람은 언제든지 볼 수 있는 곳에 있다. 그것은 아무런 방비 없이 외부의 시선과 마주쳐야 하는 나의 내밀함이기도 하다.

담요를 몸에 두르고 일인용 의자에 앉아 원고를 읽었다. 맞춤법이 엉망인 소설을 겨우겨우 읽고 바닥에 던졌다. 바닥에 원고들이 수북했다. 아직 단편소설 두 편이 나를 기다리고 있다. 무슨 생각으로 쓰레기 같은 글을 응모하는 건가. 우편 요금이 아까운 것들, '낳다'

를 '났다' '낫다' '낮다'로 엉망으로 잘못 쓴 글이 설마 채택이 될 거라고 기대하는 걸까. 오늘 하루는 끊임없이 이어지는 과한 수사와 맥락 없이 사건이 벌어지고 단절되는 소설을 읽는 것으로 마무리될 것이다.

연말이면 우체국은 우편물을 보내는 사람들로 북적인다. 기업 택배나 인터넷 쇼핑 때문에 우편의 양이 줄었다고는 하지만 나에게는 명절보다 연말이 더 바쁘게 느껴진다. 객장에는 여섯 명의 대기자가 있다. 대기자 중 아는 얼굴은 우체국에서 50미터 정도 떨어진 은행에 근무하는 청경과 우체국 후문 건너편에 있는 카페에서 아르바이트하는 작가 지망생, 달에 한 번씩 베를린으로 편지를 보내는 머리가 하얀 노부인이다.

알바생이 서류 봉투를 테이블에 올려놓았다. 나는 평소처럼 우편물의 수를 세며 그의 표정을 살폈다. 그는 깨진 윗니로 아랫입술을 지그시 깨물고 콧구멍이 넓어지도록 숨을 들이켰다. 신춘문예에 오랫동안 응모하는 사람들이 보이는 긴장감이다.

"총 여섯 개입니다."

알바생은 테두리가 벗겨진 빨간 지갑에서 카드를

꺼냈다.

"잘 부탁합니다."

나는 주소를 입력하다 말고 고개를 들었다. 지난 4년간 알바생은 잘 부탁한다거나, 안녕하세요, 따위의 말은커녕 우편 요금도 묻지 않았다. 웃음기 없는 그의 얼굴은 화가 난 것 같기도 했고 피로에 젖어 입꼬리를 올리는 것조차 힘든 상태인 것도 같았다. 하지만 눈빛은 여전히 매서웠다. 우체국 직원들은 그의 눈을 뱀눈이라고 했고 나는 속내를 숨기는 음흉한 눈이라고 생각했다. 그의 외모는 사람들 속에서 쉽게 찾기 어려울 만큼 평범하다. 아름답지도 못생기지도 총명해 보이거나 아둔해 보이지도 않았다. 그러나 그는 결코 평범한 사람이 아니다. 내면은 기괴하고 서늘하다. 그의 소설 속 주인공들은 하나같이 정신병자에 가까웠고, 고립되어 있었고 우울했다.

데스크에 놓아둔 미지근한 커피를 한 모금 마시고 봉투에 바코드를 붙였다. 우편물이 컨베이어 벨트 위를 덜컹거리며 지나 자루 안으로 떨어졌다. 마지막으로 머리가 하얀 노부인이 번호표를 들고 데스크로 걸어왔다. 그녀는 늘 현금으로 결제했다. 이제 대기 손님은 없었다. 주위를 둘러보았다. 아무도 내게 주의를 기울이지 않는다. 나는 가벼운 발걸음으로 우편물이 담긴 자루에서 알바생의 원고를 거리낌 없이 꺼냈다. 그것들의 목적지를 확인하고 책상 서랍에 넣었다. 이젠 심장의 두근거림이 들리지 않는다.

점심을 먹은 후 습관처럼 로비를 둘러봤다. 로비엔 서류 봉투를 들고 사진을 찍는 여자들만 있었다. 밍크 베스트를 입은 얼굴이 하얀 여자, 채도가 높은 파란색 패딩을 입은 여자, 보풀이 잔뜩 난 코트를 입은 여자는 모두 우체국 건너편, 시에서 운영하는 문화 센터 소설반 수강생들이다. 나는 자리에 앉았으나 바로 벨을 누르지 않았다. 여자들이 신문사에 응모할 단편소설을 들고 인증 사진을 찍을 시간을 충분히 누리게 했다. 등단을 꿈꾸는 여자들의 천진한 얼굴을 난 오랫동안 눈에 담았다.

가끔 그런 생각이 들었다. 세상이 내게 조금 더 호의적이었다면 어땠을까. 나도 저들처럼 천진한 얼굴을 하고 있었을까. 천진까지는 아니더라도 적어도 욕망하는 것을 스스럼없이 욕망했을 것이다. 일만 시간의 법칙을 가볍게 뭉개 버린 것에 대한 욕망. 그것은 사유의 문제가 아니라 태생의 문제였다. 그것을 깨닫는 데 너무 오래 걸렸다.

벨을 눌렀다. 밍크 베스트를 입은 여자가 의자에서 일어났다. 나이보다 열 살은 젊어 보인다. 여자는 내가 처음으로 빼돌린 소설의 주인이다. 원고에 적힌 여자의 생년월일을 보고 조금 놀랐다.

여자가 처음 우체국에 들어선 날을 나는 똑똑히 기억한다. 수십 개의 전구를 몸 어딘가에 달고 있는 것 같았다. 여자가 우체국에 들어서자 우체국이 환해지는 느낌이었다. 고급스러운 옷과 가방, 윤기가 흐르는 긴 갈색 머리, 오월의 장미 향. 여자는 상대도 공손하게 대답하게 만드는 상냥한 목소리를 가지고 있었다. 신춘문예에 원고를 응모하러 오는 사람 중에 큐빅이 박힌 화려한 네일 아트를 한 사람은 처음이었다. 주소를 입력하는 나를 여자는 빤히 쳐다보았다. 허공에서 시선이 마주쳤다. 여자가 환하게 웃었다. 신춘문예에 처음 응모하는 습작생들은 대체로 수줍어하거나 민망해했다. 가끔 자신감에 넘치는 이들도 있었지만, 여자처럼 설렘과 기대에 찬 미소를 짓는 사람은 드물었다. 거절이나 무시는 한 번도 경험해 본 적 없을 것만 같은, 세상의 모든 행운을 쥐고 태어난 사람처럼 보였다.

계산을 마친 여자가 수고하세요, 말하며 초콜릿을 내밀었다. 흠잡을 만한 태도도, 타인을 불편하게 할 요소도 없는 여자의 미소가 우체국을 나설 때까지도 명치에 걸렸다. 집에 돌아와 엄마가 보내 준 국밥을 먹고 소파에 앉아 책을 펼쳤다. 속이 더부룩해서 글자가 눈에 들어오지 않았다. 소화를 시키기 위해 밖으로 나갔다. 바람이 찼다. 모자를 뒤집어쓰고 앞섶을 여몄다. 명치를 주먹으로 꾹꾹 누르며 걷는데 느닷없이 눈물이 났다. 왜 이러지, 단지 소화가 되지 않을 뿐인데 왜 내가 울고 있는지 이해할 수 없었다. 이해할 수 없는 감정의 근원이 무엇인지 하루를 반추했다. 특별한 일은 없었다. 진상 고객도, 갑질 고객도 없는 평온한 하루였다. 울지 마, 추하잖아. 눈물을 닦으며 걸었다. 걸을수록 명치가 무거워졌다. 매스꺼웠고 어지러웠다. 몸이 휘청했다. 길바닥에 주저앉아 저녁으로 먹은 국밥을 쏟아냈다. 위산으로 목구멍이 타는 듯했고 눈물과 콧물이 떨어졌다. k가 떠올랐다.

웃음이 많은 k는 처음부터 인기가 많았다. 글을 쓰

는 사람들이 보이는 특유의 폐쇄적이면서도 고집스러운 면이 보이지 않았다. 진심인지 가식인지 모를 친절한 합평을 하며 k는 말했다. 아는 게 없어서, 느낌이 있어요, 감동받았어요. 사는 게 무료해서 문화 센터를 전전했다는 k. 처음 쓴 글을 합평 받은 날 k는 미소 지었다. 누군가에게 보여 주기 민망한 글에 대한 분명한 자각이 보이는 미소였다. 두 번째 합평에서도 k는 웃었다. 비문이 적어진 것에 만족한다는, 원대한 꿈은 없다는 말은 당연하게 받아들여졌다. 은밀한 시기와 질투에서 k는 열외였다. 왜 사는지 모르겠다고, 가슴이 허해서 눈물이 쏟아진다고, 이러다 자살하는 건 아닌가, 무섭다고 말하는 k는 위로의 대상이었다.

12월, k는 웃으며 말했다. 그냥 운이 좋았던 거 같아요. 순간 k의 몸에 스위치가 켜졌다. 수십 개의 전구가 일제히 빛을 발했다. 그늘이 없는 k의 얼굴은 해맑았다. 왜 하필, 왜 하필 k인가. 소설반 그 누구도 k의 글을 등단작으로 인정할 수 없었다. 뒤에서 수군거려 봤자 그가 신춘문예로 등단했다는 사실은 변함없었다.

오늘 밍크 베스트를 입은 여자는 지난해보다 한 편 더 응모했다. 채도가 높은 파란 패딩을 입은 여자는 다섯 편, 보풀이 심하게 난 코트를 입은 여자는 세 편을 응모했다.

결말이 사라진 소설로 등단할 수 있을까?

여자의 운을 시험하며, 나는 서랍에서 꺼낸 원고의 마지막 장을 찢는다. 연말 내내 낯선 번호가 핸드폰에 뜨기를 기대하는 천진한 여자들은 내게 자신들의 소설을 주고 우체국을 나갔다.

*

연말이라 택배 수거함에 택배가 많았다. 본가에서 보낸 택배 박스를 찾는 데 꽤 많은 시간을 썼다. 박스는 무거웠다. 승모근이 팽팽하게 솟아올랐다. 엄마는 한 달에 한 번씩 반찬과 돼지국밥을 보냈다. 대부분이 음식물 쓰레기통이나 변기 속으로 향하는데도 엄마는 꾸준히 음식을 보냈다. 집에 들어오자마자 박스를 던지듯 내려놓고 가방을 벗었다. 손가락을 넓게 벌려 머리카락을 흔들었다. 손가락 끝이 땀으로 번들거렸다.

옷을 벗지도 않고 곧바로 쭈그리고 앉아 택배 포장을 풀었다. 김치와 밑반찬은 냉장고에 넣고 봉지에 담아 얼린 뿌얀 국물은 개수대로 던졌다. 읽어야 할 원고가 많아 저녁은 비빔밥으로 때워야 할 것 같았다. 스티로폼 박스를 현관에 놓아두고 싱크대에 던져 놓은 국물을 만져 보았다. 아이스 팩도 없는데 국물이 아직도 단단했다. 겉옷을 의자에 걸쳐 두고 욕실로 들어갔다.

머리카락이 손안에 한 움큼이다. 머리를 감으며 손가락으로 두피를 더듬었다. 왼쪽, 귀에서 손가락 두 마디 정도 위쪽에서 만질만질한 두피가 느껴졌다. 정수리 쪽보다 크기가 작았다. 곧 오백 원짜리 동전만 해질 것이다. 어떤 접촉도 없이 나를 드러내고 있다. 등단을 준비할 때도, 등단 이후 3년간 원고 청탁은커녕 투고한 소설에 대한 어떤 피드백도 받지 못했을 때도 없던 증상이다. 지금은 모든 게 안정적인데…… 머리카락을 쓰레기통에 버렸다. 드라이어로 꼼꼼히 머리를 말린 후 탈모에 좋다는 제품을 두피에 발랐다. 토요일마다 주사를 맞지만, 원형 탈모는 고질병이 되어 버렸다. 아마도 신춘문예 마지막 주간엔 두어 개 정도 더 생길 것이다.

비빔밥으로 저녁을 때우고 가져온 원고를 정리했

다. 제일 먼저 밍크 베스트를 입은 여자의 글을 펼쳤다. 여자의 글은 나아지는 기색이 없다. 주인공은 여전히 아름다웠고 사랑했고 이별했다. 그의 소설을 읽었을 때 처음 들었던 감정은 난감함이었다. 어쩌자고. 그다음 분노를 느꼈다. 어떻게 이런 글을 감히…….

그냥 운이 좋았던 거 같아요.

원고 청탁을 받았다며 걱정하는 k를 향해 누군가 따귀를 올려붙였으면 했다. 습작생들은 씁쓸하게 웃으며 k가 따라 주는 술을 마셨다. 취해서, 혹은 결김에 누군가 그에게 시작이 곧 끝이라고, 당신의 운은 거기까지, 딱 거기까지만이라고 저주를 퍼붓길 바랐다. 두 번째 원고 청탁을 받은 k는 정말 큰일이라고 앓는 소리 했다. 쓸 게 없다는 k의 말을 들으며 나는 초코시럽이 잔뜩 들어간 카페모카를 마셨다. 휘핑크림에 초코시럽으로 범벅인 커피가 썼다. 태생적으로 운이 좋은 사람, 모두가 원하는 걸 쉽게 가진 k는 천진했다. 당신에게도 운이 올 거라고, 쉽게 말했다.

밍크 베스트를 입은 여자가 건넨 초콜릿을 입에 넣으며 노트북을 켰다. 갈피를 잃은 욕망, 간절함 없이 달려가는 주인공, 지나친 소녀 감성, 오글거리는 눈물과 신파 결말. 주인공이 왜 그토록 사랑을 원하는지 모르겠다. 사랑을 원하는 늙은 소녀에게 사랑을 주지 못할 건 무언가. 나는 내가 짐작할 수 있는 주인공의 욕망을 써 내려갔다. 등용문을 넘었어도 용이 되지 못한 이무기가 할 수 있는 일은 고작 소설의 결말을 바꾸는 것뿐이었다. 오자와 띄어쓰기를 점검하고 원고의 마지막 장을 뜯어 우편 봉투에 넣었다.

알바생의 원고를 마지막으로 펼쳤다. 알바생은 앞니가 깨진 주인공을 소재로 여러 버전의 글을 썼다. 아버지의 주사를 피해 도망치다 앞니가 깨진 여자가 주인공인 소설이 작품 중 가장 좋았다. 욕망하는 것을 욕망할 수 없는 사유와 서사가 밀도 있게 어우러져 깊은 여운을 남겼다. 응모 원고를 읽으면서 처음으로 저자가 궁금했다. 단정한 문장으로 그로테스크한 감성을 표현한 습작생은 누구인가? 「깨진 앞니」는 내 식탁 위에 이틀 동안 방치되었다. 원고 마감 날이 다가올수록 명치가 묵직해졌다. 누구의 것인지 모를 원고. 지금까지 봐 왔던 습작들을 뛰어넘는 아름다운 소설을 어떻게 해야 할까. 첨삭 따윈 필요 없는 완벽한 작품을 나는 감당할 수 없었다. 근무하는 내내 「깨진 앞니」가 머릿속에 꽉 찼다. 진통제를 먹어도 편두통이 사라지지 않았다. 반차를 내고 집으로 돌아왔다. 소설은 잡동사니처럼 식탁 위에 널브러져 있었다. 약간의 운. 예선을 넘을 만큼의 운만 따라 준다면…… 아니 운이 필요 없을지도 몰랐다. 원고를 들고 광화문으로 가는 버스를 탔다. 응모 마지막 날 신문사 안내 데스크 앞에 커다란 마대들이 나란히 줄 서 있었다. 단편소설이라 쓰인 자루에 원고를 넣었다. 새해 아침, 신춘문예 기사를 확인했다. 「깨진 앞니」는 최종심에도 오르지 못했다.

운이 없구나.

열심히 쓰면, 좋을 글을 쓰면 반드시 때가 온다고 선생님은 격려했다. 인지도가 낮은 문예지라도 등단해서 작품을 발표하는 게 어떨까, 선생님이 조심스레 말했다. 거의 매달 공모전에 응모했다. 나중엔 어떤 작품을 어느 공모전에 보냈는지 헷갈렸다. 왜 당선됐는지 이해 못 할 글로, 이름도 생소한 문예지에서 연락받았다. 심사위원이 뭔가를 봤겠지, 내가 보지 못한 뭔가가 있겠지. 호의적인 눈으로 등단작을 다시 읽어 보았다. 운이 좋았다, 라고밖에 설명할 길이 없었다. 이제야

운이 내 편이 되었구나. 다시 신춘을 준비했다. 약간의 운만 따라 준다면, 예선만 통과한다면 거뜬히 낙점이지. 타인의 격려를 들을 필요도 없었다. 새해가 되었고 난 깊은 우울감에 빠졌다. k의 두 번째 발표작에 평론이 붙었다. 난해한 평론을 읽으며 깨달았다. 운은 내 것이 아니다.

해가 지날수록 알바생의 글은 더 아름다워졌다. 문장이 경제적이고 감각적이었다. 알바생의 성장은 아주 묘한 감정을 일으켰다. 모성애도, 동지애도 아닌데, 위험을 무릅쓰게 했다. 알바생은 천 대 일에 육박하는 곳에만 응모했다. 작년 연말, 나는 그의 글 중 몇 편을 경쟁률이 낮은 곳에 응모했다. 그중 한 곳에서 그가 당선됐다. 마치 내가 등단한 것처럼 기쁘기까지 했지만, 한동안 나는 경찰이 우체국에 들어오면 정신이 멍해지곤 했다. 하지만 어떤 경찰도 내게 수갑을 채우지 않았다.

일주일에 두어 번 직원들과 프랜차이즈 카페에 갔다. 카운터를 보는 알바생은 원고를 응모하러 몇 번 우체국에 왔었다. 차가운 카페라테를 들고 우체국으로 돌아오는 길에 직원 한 명이 그에 대해 말했다.

앞니 하나 해 넣지. 볼썽사납게.

앞니가 반이 없는 여자에게 카운터를 왜 맡기지?

김 주임이 눈을 동그랗게 뜨며 물었다.

앞니가 없어?

어떻게 모를 수가 있어요. 모르는 게 더 이상해요.

몸에 솜털이 으스스 일어났다. 나는 다음 날 혼자 카페에 갔다. 알바생은 기계적으로 주문을 받고 할인 서비스를 확인하며 미소 지었다. 치아를 드러내지 않는 미소였지만 나는 사선으로 쪼개진 앞니를 보았다. 카운터가 잘 보이는 자리에 앉아 치아가 시리도록 차가운 아메리카노를 홀짝이며 연말에 읽었던 소설을 떠올렸다. 아버지의 폭력을 피하다가 문턱에 걸려 넘어진 딸, 30분에 한 대 있는 버스를 타기 위해 달려가다 돌부리에 넘어져 앞니가 깨진 여고생, 손님에게 용서를 빌다가 테이블에 입술을 부딪쳐 앞니가 깨진 아르바이트생의 이야기가 연속적으로 재생됐다.

점심시간, 근처 직장인들이 몰려왔고 알바생은 신속하게 주문받았다. 앞니가 없어도 발음이 새지 않았고 밀려드는 손님의 주문을 정확하게 처리했다. 쉴 새 없이 말했지만 그의 앞니는 거의 보이지 않았다. 그러나 나도 보았다. 직원들이 보았던, 누군가도 보았을 그의 깨진 앞니. 그리고 나만 보았다. 내밀한 어둠, 보이고 싶지 않은 속살을 나만이 읽었다. 그의 소설 중 어느 것이 진실인지, 어디까지가 사실인지 굳이 알 필요는 없었다. 그는 그 모든 것에 해당했으며 그 어느 것도 아니었다. 명확한 사실은 그에겐 오직 단 하나의 등불만 있었다. 등불을 보호하는 어떤 가림막도 없이 홀로 타는, 꺼져도 아무도 모를 빛이었다.

　좋은 글을 읽고 난 후의 기분 좋은 노곤함이 밀려왔다. 잠시 감정을 담아 두고 싶은 마음에 원고를 내려놓고 개수대로 갔다. 국물이 말랑말랑했다. 세상에서 가장 맛있는 음식이 엄마의 돼지국밥이라고 생각했던 시절이 있었다. 돼지 특유의 누린내와 알알이 선 백미, 시큼한 김치를 입안에 가득 넣고 씹으면 우울감이 사라졌다. 씹기도 전에 혀끝에서 녹아 없어지는 부드러운 고기를 먹으며 1월을 보냈다. 공무원 시험을 준비하면서 엄마가 보내 준 돼지국밥으로 불안을 다스렸다. 11월 밤, 어두운 거리에서 돼지국밥을 다 게워 냈다. 혀끝에서 녹아 없어졌다고 생각했던 고기들이 덩어리째

바닥으로 쏟아졌다. k가 소설집을 냈다. 반짝이는 하얀 표지, 한 손에 잡히는 작은 크기였다. 평론과 유명 작가의 추천사가 표지 뒷장에 달려 있었다.

국물을 변기에 쏟았다. 각종 부위의 고기들이 젤리같이 굳은 국물과 엉켜 변기를 가득 채웠다. 일회용 파란 변기 솔로 변기에 묻은 국밥의 잔해를 닦아냈다. 허옇게 변한 변기 솔이 검은 머리카락 위로 떨어졌다.

뜨거운 커피를 들고 다시 의자에 앉아 알바생의 신작을 펼쳤다.

「우체국 여자」

묘한 불안감에 몸이 긴장됐다. 원고를 내려놓고 뜨거운 잔을 두 손으로 잡았다. 우체국에 근무하는 여자가 나뿐인가, 생각하면서도 쉽게 소설을 읽을 수 없었다. 커피를 천천히 마셨다. 마지막 모금엔 온기가 없었다.

잘 부탁합니다.

알바생의 말이 북채가 되어 심장을 두드렸다. 만질만질한 두피에 손을 댔다. 아직 엄지손톱만 했다. 이제 곧 오백 원짜리 동전만 해질 것이다. 욕실로 들어가 머리카락이 없는 두피 두 곳의 크기를 확인했다. 아직 큰

변화는 없었다. 면봉에 연고를 묻혀 천천히, 꼼꼼하게 탈모 부위에 발랐다. 무슨 일을 하시길래 스트레스를 이렇게 심하게 받으세요. 의사가 안타까운 시선으로 물었으나 나는 아무 말도 할 수 없었다. 연말이면 우체국 보험이나 특산물 판매 등 실적 압박이 심했지만 친인척이 많아서 어렵지 않게 실적을 채웠다. 경찰, 결혼, 노후, 나이. 여러 단어가 머릿속을 떠다녔다. 어쩌면 여성 호르몬이 부족한지도 모르겠다고 생각하며 욕실에서 나왔다. 읽어야 할 원고를 밀어 두고 여성 호르몬에 좋은 약과 식품을 검색했다. 가격을 비교하고 후기를 읽은 후 제품을 구매했다. 벌써 새벽 1시가 훌쩍 넘었다. 「우체국 여자」를 창가에 올려 두고 불을 껐다. 잠이 오지 않았다. 어둠 속에서 A4 용지만 형형하게 빛났다. 손을 뻗어 원고를 잡았다.

응모하지 않은 문예지에서 등단한 화자는 혼란스럽다. 달력에 적어 놓은 문예지의 요강과 응모 원고 제목이 일치하지 않는다. 화자는 이해할 수 없다. 문우들은 실수로 엉뚱한 곳에 보냈겠지, 대수롭지 않게 말한다. 하지만 화자는 찜찜하다. 신춘문예 응모 기간에 정신과 몸을 혹사한 화자는 반차를 낸다. 11월 말 오후,

우체국은 발 디딜 틈이 없다. 화자는 명절 선물 세트 코너를 돌며 우체국에 있는 사람들의 표정을 관찰한다. 누군가의 꿈에 바코드를 붙이는 우체국 여자의 표정과 일상은 평온하다. 신춘문예 응모 원고를 마대에서 꺼내 그의 서랍 안에 넣는 것을 제외하고는.

글자가 겹쳐 보였다. 원고를 내려놓고 손바닥으로 관자놀이를 꾹 누르며 머리 전체를 손가락으로 비볐다. 내가 원고를 빼돌리는 것을 봤다고? 거짓말. 원고를 꺼내기 전에 늘 객장을 확인했다. 알바생은 없었다. 남발되는 우연과 저열한 사유. 가치가 없는 글이었다. 내 덕에 등단했으면 감사해야지. 나는 원고를 찢었다. 첫 번째 페이지, 두 번째 페이지, 순서대로 원고를 찢어발겼다. 아직 읽지 않은 두 장이 남았다. 가로로 한 번, 세로로 한 번 찢으면 된다. 마저 찢어야 하는데 눈이 빠른 속도로 글자를 읽어 내려갔다.

나는 우체국 여자에게 신춘문예 원고를 내민다. 잘 부탁해요. 우체국 여자가 눈을 동그랗게 떴고 나는 깨진 앞니가 훤히 보이게 웃는다. 우체국 여자의 눈빛이 흔들리는 걸 확인하고 우체국을 나선다. 우체국 여자는 평소처럼 원고를 훔친다. 다음 날 원고 겉표지에 빨간 유성펜으로 소설 제목을 써서 우체국 여자에게 내민다.

괜찮았어요?

나는 우체국 여자를 빤히 쳐다보며 묻는다.

「우체국 여자」, 괜찮았어요?

우체국 여자가 눈을 깜박인다. 나는 우체국 여자에게서 시선을 떼지 않고 재차 묻는다.

왜 훔쳤어요?

우체국 여자의 눈이 아득해진다.

왜 그랬어요?

나는 우체국 여자의 답을 기다린다.

미완 [원고지 64매]

창문을 열었다. 찢어진 원고가 바닥에 흩어졌다.

왜 그랬어요?

누가 대답해 줄 수 있을까. 소설은 자신의 힘으로 나아간다고 했다. 누구의 뒷배로도, 돈으로도, 명예로도 살아남을 수 없는 순수함. 오직 대중의 순수함으로 세월을 견디는 고결함. 세상 어떤 것으로도 깨뜨릴 수 없는 순결은 태생적으로 운을 타고난 사람의 발밑에서 더럽혀졌다. 내겐 왜 운이 따르지 않는지, 「깨진 앞니」는 왜, 너는 왜 그토록 비루한지에 대해 침묵할 수밖에 없다. 어차피 네 속에서 나온 것들은 수챗구멍에 수북한 내 머리카락처럼 버려질 것들이었다. 내 손에 의해서든 심사 위원 손에서든 쓰레기통에 버려질 것들인데. 버려지지 않는다 한들 깨진 앞니도, 머리카락이 나지 않는 두피도 우린 어쩔 수 없이 부둥켜안고 있어야만 하는 주제였다.

*

신춘문예 원고 모집 기일이 막바지에 다다랐다. 머리에 원형 탈모가 두 군데 더 생겼고 우체국에서도 사건이 발생했다.

"돌려줘요."

몇 년째 신춘문예에 응모하던 여자였다. 우체국 소인이 찍힌 날짜가 마감일인 줄 알았다던 여자는 자신의 원고를 돌려 달라고 했다.

"내 원고잖아."

여자가 비명에 가까운 소리를 질렀다. 객장 내 손님들의 시선이 여자와 내게 쏟아졌다.

"이미 분류 작업 들어가서 못 찾아요."

시간 내에 신문사에 가야 한다며 여자는 버퍼링 걸린 동영상처럼 같은 말만 되풀이했다. 컴퓨터에 저장된 원고를 다시 출력하면 될 일인데 막무가내였다.

"내놔! 내 원고. 내놓으라고!"

여자는 데스크를 타고 넘어 내 멱살을 잡았다. 여자의 눈이 번쩍였다.

"이러지 마세요. 경찰 부릅니다."

청경이 여자에게 경고하면서도 어쩔 줄 몰라 했다. 여자 손님의 신체에 손을 댈 수 없기 때문이다. 광기에 휩싸인 손님이 데스크를 넘어 직원의 멱살을 잡는 일은 우체국에선 희귀한 일이다. 알뜰폰 판매 부스에서 행패를 부리는 사람들은 꽤 있었다. 새로 산 효도폰이 망가졌다거나 망가진 핸드폰을 팔았다고 가만두지 않겠다며 어깃장을 놓거나 새 핸드폰을 달라며 물을 뿌리는 노인들은 있었어도 우편물을 다루는 직원에게 폭력을 행사하는 손님은 드물었다.

"내놔."

여자의 충혈된 눈이 나를 죽일 듯 쏘아봤다. 잠을 자지 못해 머리가 욱신거렸고 귀에서 윙 소리가 났다.

"이번엔 등단할 거 같아요?"

나는 여자에게 속삭였다.

"등단하면 인생이 바뀔 거 같아요?"

내 멱살을 잡은 손에서 힘이 빠지는 것이 느껴졌다.

"운을 타고났어야지."

나는 멱살을 잡은 여자의 손가락을 하나씩 폈다. 옆에 있는 여직원들이 몰려와 여자의 팔을 잡았다. 여자는 맥없이 널브러졌다.

"여기서 이러시면 공무 집행 방해예요. 감옥 가요."

김 주임이 여자를 청경에게 넘겼다.

"괜찮아?"

김 주임이 내 등에 손을 대며 낯빛을 살폈다. 나는 발을 질질 끌며 나가는 여자의 뒷모습에서 시선을 뗄 수 없었다.

"다시 프린트하면 될 일이지. 왜 여기서 행패야."

김 주임이 헝클어진 내 머리카락을, 아니 가발을 정돈해 주었다. 내게 잠시 쉬었다가 오라고 했으나 대기 손님이 많았다.

"등단? 그게 뭐."

등단했어도 나는 여전히 무명이었다. 선생님은 삿된 마음, 시류를 따르지 말고 우직하게 쓰고 또 쓰라고 했다. 쓰고 또 쓰고, 손가락 마디가 시리도록 썼다. 누군가 읽어 주길 바라는 게 삿된 마음이었을까, 아니면 책을 내고 싶은 마음이 삿된 마음이었을까. k의 책이 맨아래 서랍에 있다. 글쓰기를 포기한 내게도 k는 우체국으로 소설집을 보냈다. 내지에 적힌 글씨는 가지런했다. 포기하지 말고 계속 글을 쓰면 좋겠어요. 작가님의 열혈 독자 k 배상.

나의 열혈 독자 k는 다정하고 상냥하다. 밉다. 다정하고 상냥해서.

"저기요."

국제 우편을 보내는 손님이 데스크 앞에 서 있었다. 손님이 우편물을 저울에 올려놨다.

우체국 정문 셔터가 내려갈 때 알바생이 미끄러지듯 들어왔다. 숨을 헐떡거리며 우편물을 내밀었다. 나는 눈짓으로 번호표를 가리켰다. 알바생은 초조한 듯 다리를 떨며 차례를 기다렸다. 전에도 몇 번 그는 전혀 예상치 못한 시간에 우체국을 찾았다. 급하게 쓴 흔적이 역력한 소설을 가져오곤 했다. 빨리 읽히긴 하지만 사유가 부족했고 오자도 있었다. 나의 온 신경이 그에게 갔다.

왜 훔쳤어?

알바생이 속삭이듯 물었다. 나는 고개를 들었다. 알바생은 소파에서 대기 중이었다. 손님이 결제하려고 카드를 꺼냈다. 나는 미지근하게 식은 커피로 입술을 축였다. 카드 단말기에 4천8백 원을 4만 8천 원으로 입력하고 결제해서 손님에게 여러 번 사과해야 했다. 벨을 누르기도 전에 알바생이 내 앞에 섰다.

"내일까지 들어가죠?"

알바생이 물었다. 우편 집중국에선 오전에 우편물을 보내면 당일 도착한다는 것을 알바생도 알고 있다. 특산물 판매대 뒤에서 나를 주시했던 뱀눈이 몸을 친친 감아 왔다. 알바생이 우편물을 내밀었다. 겉봉에 '응모 부문 : 단편소설, 우체국 여자' 붉은 유성펜으로 쓴 글씨가 또렷했다. 우편물에 제목까지 쓰는 경우는 없었다. 소설 속 상황과 똑같았다.

"빠른 등기로 보내시겠어요? 아니면 일반으로 하

시겠어요?"

당연히 손님에게 물어봐야 하는 사항이었으나 나는 처음으로 그에게 질문을 던졌다.

"괜찮았어요?"

알바생이 물었다.

"「우체국 여자」, 괜찮았어요?"

환시인가? 알바생이 아무렇지도 않게 깨진 앞니를 보이며 말하고 있었다. 아버지의 주사를 피해 도망치다 문턱에 걸려 넘어진 소녀. 무언가를 먹을 때, 웃을 때마다 이가 시려 눈물이 났다는 문장이 떠올랐다. 깨진 앞니를 가져오란 치과 의사의 말에 방 구석구석을 부직포로 닦아냈던 소녀는 일주일 만에 앞니를 가지고 치과에 갔다. 접합하기엔 너무 늦었다는 치과 의사의 말에 소녀는 깨진 앞니를 주머니에 넣고 터덜터덜 길을 걸었다. 한 걸음 내디디면 길은 두 걸음 늘어났다. 눈앞이 아득해졌고 휴지로 감쌌던 깨진 치아가 손가락 끝을 긁어댔다.

"왜 남의 원고를 훔치나요? 돈이 되는 것도 아닌데."

분노로 몸을 떨며 내 멱살을 잡아 경찰서로 데려간다 해도 당연하다. 나는 환청을 듣고 있는 건가. 알바생의 목소리가 너무 평온하게 들린다.

"우체국 여자가 궁금해요."

나도 궁금하다.「우체국 여자」는 완결일까, 미완일까.

"하루 종일 생각해요. 우체국 여자는 왜 남의 소설을 훔치는 걸까? 남의 소설로 무얼 하려는 걸까?"

알바생의 우편 요금은 3천6백 원. 완결이 난 소설의 요금과 같다.

"말해 줘요. 왜 소설을 훔쳐요? 표절도 아니고 묻지마 범죄도 아니고. 왜 멋대로 남의 원고를 응모했어요?"

나도 모르게 손이 머리로 갔다. 가발 안에 감춰 둔 내밀한 곳을 더듬었다. 알바생이 어떤 이야기를 상상해 냈을지 빨리 읽고 싶었다. 머리를 만지작거리는 내 손을 알바생이 낚아챘다. 가발이 머리 위에서 헛돌았다.

"완결을 내고 싶어요."

결말을 향해 내달리는 건 소설 속 '우체국 여자'이지 내가 아니다.

"마감 시간 지났습니다. 손님, 나가 주세요."

비굴하게 완결을 부탁했던 알바생의 표정이 순식

간에 변했다. 속내를 숨기고 나를 관찰하던 뱀눈이 분노와 원망을 쏟아냈다.

"당신 뭐야. 당신이 뭔데 내 글에 손을 대. 감히!"

가여운 것. 건초염에 걸린 손가락으로 노트북 자판을 밤새 두드려 글을 써도 아무도 읽지 않는 소설이라면 '감히'라는 부사를 붙일 순 없다.

"아무도 읽어 주지 않는 글이 무슨 가치가 있어. 무의미해."

아무도 읽어 주지 않는 글은 결말이 없는 소설과 같다.

"어디서 내 글을, 나를 함부로 판단해."

어느 날 소녀는 앞니가 시리지 않다는 걸 깨달았다. 소녀는 깨진 앞니에 손가락을 댔다. 시큰시큰했던 통증이 멈춘 것인지 아니면 통증에 익숙해진 것인지 소녀는 모르겠다. 이제 소녀는 깨진 앞니로 총각무를 아무렇지도 않게 베어 먹고 깨진 앞니가 보이지 않도록 말하고 웃는 법을 터득했어도 사람들은 안다. 그의 앞니가 사선으로 쪼개진 것을.

"다 알아. 너만 몰라."

"네까짓 게 뭔데, 네까짓 게 뭔데……."

알바생의 손이 위로 올라갔다가 내 뺨으로 내리꽂혔다. 몸이 휘청거렸고 의자가 뒤로 밀렸다. 다급한 발소리가 들렸다. 가발이 반쯤 내려왔다. 나는 반쯤 내려온 가발을 벗었다. 하얗고, 움푹 팬 두피에 알바생의 시선이 쏟아졌다. 뿌리가 뽑혀 나간 자리는 부끄러움으로 남는다. 나는 그의 쪼개진 앞니를 본다.

마지막 손님인 알바생이 청경에게 끌려 나갔다.

"오늘 일진이 왜 이러니, 정말."

김 주임이 가발을 내 머리에 덮어 주었다. 아무 일도 없었던 것처럼 직원들이 마감 작업을 시작했다. 옆에서 사람이 쓰러져도 모를 만큼 고도의 집중이 필요한 시간이다. 나는 손을 쥐었다 폈다, 하다가 축축한 손바닥을 바지에 문질렀다.

네까짓 게 뭔데?

나는 작가다. 아무도 읽어 주지 않는 글을 쓰는 작가는 아무도 읽어 주지 않는 글을 읽는다. 문장을 수정하고, 응모 신문사를 마음대로 정한다. 그들의 운을 시험하며 마지막 장을 찢는다. 아직 결말이 없는 소설로 등단한 사람은 없다.

다들 마감에 쫓겨 내게 관심을 두지 않았다. 나는

가발을 고쳐 썼다. 객장 내 CCTV를 흘끔 바라보며 뻣뻣한 목덜미를 문질렀다. 곧 봉인될 자루엔 「우체국 여자」가 있다. 빨리 읽고 싶었다. 알바생의 소설을 자루에서 꺼냈다.

　나는 평소보다 늦게 마감을 시작했다. 우편물의 수와 요금이 맞지 않았다. 결국 70원을 보태서 마감을 끝냈다.

네 찌찌를 찾고 싶다면
신도림역 4번 출구로 와라

3번 출구가 없었다. 지하철 개찰구 앞에서 출구 표지판을 확인하는 윤의 눈꺼풀이 무겁게 내려앉았다가 올라갔다. 윤의 뒤에 서 있던 남자가 그의 어깨를 툭 밀쳤다. 남자는 카드를 단말기에 대며 윤을 아래위로 훑었다. 윤이 개찰구에서 두어 걸음 물러나자 남자는 빠른 걸음으로 3번 출구로 올라갔다. 출근 시간이 한참 지났는데도 신도림역에는 사람들이 제법 많았다. 개찰구의 은빛 스테인리스 바가 휘리릭 뒤집혔다가 제자리로 돌아왔다. 뒤집혔다 빠른 속도로 제자리로 돌아오는 개찰구 바의 움직임에 맞춰 윤의 눈꺼풀도 깜박였다.

　3번 출구. 4번 출구. 윤이 웅얼거렸다. 도시 계획상 4번 출구는 3번 출구 건너편, 차단기가 내려간 곳이 분명한데 표지판이 없었다. 윤은 가죽점퍼에서 핸드폰을 꺼냈다. 그가 근무하는 게임 회사 홈페이지를 열어 직원 전용 메뉴로 들어갔다.

　오늘 아침 윤은 쪽지를 받았다.

　　네 찌찌를 찾고 싶다면 신도림역 4번 출구로 와라.

　윤은 가끔 협박 쪽지를 받았다. 대부분은 네오미스트 젖꼭지에 관한 내용이었다. 네오미스트에게 젖꼭지를 만들어 주지 않으면 네 젖꼭지도 없애 주겠다, 밤길 조심해라 등등. 그래픽 라이브러리를 정리하는데 문득 의문이 들었다. 왜 신도림역으로 나오라고 한 걸까. 윤은 중학생 때까지 서울에 살았어도 대치동을 벗어난 적이 거의 없었다. 기껏해야 인천에 있는 대학에 개설된 과학 영재 스쿨에 다닌 것이 전부였다. 신도림에 뭐가 있나 검색하려다 말았다. 게임 리뉴얼 때문에 이틀 밤을 새워서 피곤하기도 했고 네오미스트의 젖꼭지에 대해선 더는 생각하기 싫어서 곧바로 쪽지를 삭제했다.

네오미스트는 3년 전에 개발한 모바일 게임 캐릭터 중 하나다. 근육이 짱짱하고 남성적인 얼굴을 가진 금발의 전사로 커다란 창을 사용한다. 엑스(X) 자 모양의 가죽 벨트를 가슴에 하고 있는데 화면상으로 젖꼭지가 잘 보이지 않아서 '젖꼭지가 없어 슬픈 전사'라는 별명이 붙었다. 유저들은 네오미스트의 젖꼭지를 보고 싶다거나 남자라고 무시하냐, 기왕 만들 거 핑두로 해 달라 등등의 의견을 게시판에 썼고 운영자에게 쪽지를 보냈다. 어떻게 프로그래머의 아이디를 알아냈는지, 프로그래머들에게도 협박 쪽지를 보냈다.

리도 쪽지를 받았다. 쪽지를 받은 리는 네오미스트가 불쌍하다고 했다. 남들 다 있는 젖꼭지 하나 만들어 주자고 했다. 색상만 진하게 프로그래밍하면 되는 것이라 일은 어렵지 않았다. 회사에선 젖꼭지가 없어서 화제가 됐는데 굳이 젖꼭지의 색깔을 선명하게 할 필요는 없다고 했다. 리는 회사의 결정에 발끈했다.

젖꼭지 없는 사람, 이상하지 않아? 젖꼭지 없는 남자는…… 으흠, 너무 이상한 거 같아. 프로그래밍도 간단한데 캐릭터에 대한 애정이 없어. 그냥 돈 돈 돈. 젖꼭지 하나 만들어 주는 게 뭐 힘들다고. 진짜 너무해. 안 그래?

리가 젖꼭지라고 말할 때마다 윤은 민망해서 허공을 바라보며 눈을 깜박였다. 그 모습에 리는 책상을 치며 웃어댔다. 왜 이렇게 부끄러워해? 젖꼭지는 그냥 젖꼭지야.

윤은 신도림역을 검색했다. 빠르게 움직이는 윤의 눈꺼풀을 따라 지도가 동공에서 둥둥 떠다녔다. 윤은 어지러움을 이기지 못하고 바닥에 주저앉았다. 개찰구를 드나드는 사람들의 시선이 잠시 윤에게 향했다가 빠르게 흩어졌다. 윤은 마른세수하며 일어섰다. 연신 눈을 깜박이며 팔을 앞으로 쭉 뻗었다. 이상해 보인다는 것을 알지만 눈꺼풀의 움직임을 어찌할 수 없을 땐 그도 모르게 손을 뻗어 허공을 긁었다. 윤은 팔을 크게 허우적거리며 물품 보관함으로 걸어갔다. 물품 보관함에 등을 기댄 후 숨을 크게 들이켰다.

윤은 긴장하면 눈을 빠르게 깜박인다. 의사는 그가 눈을 빠르게 깜박이는 것을 틱의 일종이라고 진단했다. 틱 장애는 초등학교 5학년 때 처음 발병했는데 고등학교 때 제일 심했고 대학에 들어가서는 많이 나아졌다. 윤의 엄마는 그가 틱만 없었다면 의대에 진학했을 거라며 늘 아쉬워했다.

윤은 지도 앱을 새로 내려받으며 리에게 메시지를 보냈다. 리는 시범조라 아침 출근이다. 회사 PC에서는 삭제한 쪽지를 복구하는 게 가능하다. 윤이 지도 앱의 화면을 확대했다. 낡인 건가? 혼란스러웠다. 신도림역은 지하철 1호선과 2호선, 국철이 만나는 환승역이다. 대치동에서 벗어난 적 없는 윤도 신도림이란 역명은 많이 들었다. 중요한 환승역에 출구가 겨우 세 개뿐인 게 말이 안 된다고 생각했다. 그의 젖꼭지가 사라진 것도, 신도림역에 4번 출구가 없는 것도 모두 누군가의 농간인 거 같았다. 아니면 지금 그는 백일몽을 꾸는지도 몰랐다. 물품 보관함에 등을 기대고 있어도 몸이 휘청휘청했다. 윤은 손바닥의 두툼한 부분으로 눈을 꾹 눌렀다가 뗐다. 눈꺼풀의 움직임이 잠시 멈췄다.

머리가 하얀 남자가 윤의 시야에 들어왔다. 머리가 하얀 남자는 커다란 가방을 앞뒤로 메고 있었고 허리춤에도 가방을 달고 있었다. 남자는 윤을 향해 곧장 다가왔다. 윤은 그가 쪽지를 보낸 사람이라고 확신했다. 시간도 장소도 맞지 않는 이상한 쪽지. 쪽지보다 더 비논리적이고 비이성적인 건 윤의 젖꼭지가 사라진 것이다.

한 달에 걸친 게임 리뉴얼 작업을 끝낸 윤은 동료들과 회사 샤워장에서 샤워했다. 빨리 집에 가서 자고 싶었지만 몸에서 노숙자 냄새가 났다. 양치를 언제 했는지 기억나지 않았다. 윤은 손바닥을 오목하게 만들어 자신의 입냄새를 맡았다. 역했다. 마지막 이틀은 에너지바와 커피로 끼니를 때울 정도로 바빴다.

젖은 머리를 말리던 윤은 올여름엔 선탠 좀 해야겠다고 생각했다. 거울 속 허연 팔과 가슴이 미련하게 보인다고 생각하던 윤은 뭔가 이상함을 느꼈다. 화장대에 비치된 화장품을 얼굴에 바르고 손에 남은 로션을 목과 가슴에 문질렀다. 없었다. 마땅히 있어야 할 곳에 마땅히 있어야 할 것이 없었다. 잠을 못 자서 젖꼭지가 안 보이는 건가 싶어 손바닥으로 가슴을 쓸어내렸다. 손바닥에 걸리는 것이 없었다. 젖꼭지가 사라졌다.

윤은 젖꼭지가 없는 맨송맨송한 가슴팍을 문지르며 피식피식 웃었다. 상실감이나 낭패감을 느낄 사이도 없이 웃음이 먼저 터졌다. 뭐 좋은 일 있냐는 동료의 말에 윤은 고개를 저으며 웃었다. 웃음을 멈출 수 없었다. 윤의 시선은 동료의 붉은 젖꼭지에 가 있었다. 붉은 꽃반에 검은 털이 숭숭 나 있는, 흉물스럽기 짝이 없는 남자의 젖꼭지. 윤은 가슴을 팔로 가리고 연신 웃어댔다. 왜 웃어? 이틀 밤새우고 실성했어? 그만 웃으라니까, 하면서 동료도 따라 웃었다. 화장대 앞에서 웃고 있는 그들을 보며 탈의실 안에 있던 동료들도 같이 웃기 시작했다. 왜 웃는지도 모른 채 웃는 동료들의 가슴엔다 젖꼭지가 달려 있었다.

나만 없네.

윤은 옷을 입으며 생각했다. 남자한테 젖꼭지가 꼭

필요한가. 수유할 것이 아니니 꼭 필요한 건 아니다. 아이는커녕 결혼이나 할 수 있을지 모르겠네. 섹시함? 윤이 어깨를 으쓱했다. 성감대? 젖꼭지가 성감대였던가. 윤은 한참 동안 생각했다. 기억나지 않았다. 여자와 섹스한 지 너무 오래됐다. 그에게 젖꼭지는 삶에 있어 필요조건도 충분조건도 아니라는 결론을 내리고 팬티에 발을 넣었다. 지린내가 훅 끼쳤다. 이틀 동안 입고 있던 팬티가 누랬다. 지금 윤에겐 젖꼭지 분실보다 여분의 팬티가 없는 게 더 큰 문제였다. 기혼자들은 아내가 챙겨 준 새 속옷을 입고 있었다. 부럽다는 생각과 함께 리가 떠올랐다. 리는 꼼꼼하고 깔끔해서 덜렁대는 남자를 잘 챙겨 줄 것 같았다. 윤은 팬티를 뒤집어 입고 청바지에 발을 넣었다. 찝찝했지만 집까지 자전거로 15분이면 충분했다. 지하철역을 지날 때 불현듯 쪽지가 떠올랐다.

네오미스트도 없네.

젖꼭지 없는 사람, 이상하지 않아? 젖꼭지 하나 만들어 주는 게 뭐 힘들다고. 진짜 너무해. 리의 말이 떠올랐다. 그랬다. 젖꼭지가 없으면 너무한 것이다.

혹시 쪽지 보내신 분?

난 전달하는 사람이오.

윤의 갈비뼈가 욱신거렸다. 요동치는 심장 박동이 귀까지 들렸다. 남자가 어깨에 멘 가방을 내려 지퍼를 열었다. 윤의 눈꺼풀이 파르르 떨렸다. 남자는 가방에서 작은 종이를 꺼내 윤의 손에 쥐여 주었다.

불신지옥 예수천당.

남자는 형형한 눈빛으로 윤을 뚫어져라 바라보았다. 윤의 눈꺼풀이 발작하듯 깜박였다.

예수 믿으면 병이 낫고 천국 갑니다. 예수 믿으세요.

남자는 윤이 알아들을 수 없는 말을 하고 곧바로 몸을 돌렸다.

저기요, 어디 가세요.

남자가 고개를 돌렸다. 남자의 얼굴이 윤의 눈 안에서 뱅글뱅글 돌았다.

불신지옥 예수천당.

남자가 다시 암호를 말하고 빠른 걸음으로 윤에게서 멀어졌다. 윤은 남자를 쫓아가려 했으나 앞이 잘 보

이지 않아 한 발짝도 뗄 수 없었다. 윤이 정신을 차렸을
땐 남자는 없었다. 여긴 4번 출구가 아닌데……. 윤은
뒤늦게 웅얼거리며 남자가 준 종이를 폈다.

삶이 힘드십니까?

첫 문구가 마음에 들었다.

무엇이 힘들게 합니까?

두 번째 문구를 읽는 윤의 눈꺼풀이 파르르 떨렸다.
윤의 삶은 안온하다. 젖꼭지를 분실한 사건만 빼고. 왜
하필 젖꼭지인가. 너무 하찮다. 문제 삼기엔 민망하고,
그렇다고 그냥 넘기기엔 찜찜하다. 많은 사람 중에 왜
나란 말인가. 윤의 눈꺼풀이 요동쳤다.

윤은 잠시 호흡을 골랐다. 눈꺼풀이 저절로 움직일
땐 긴장을 풀어야 한다. 윤은 원소 주기율표를 순서대
로 외우기 시작했다. 주기율표를 천천히 외우면 긴장
이 풀렸다. 왜 그런지 윤은 답할 수 없다. 그냥 그렇다.

윤은 주기율표를 세 번이나 외운 후 남자가 준 종이
를 읽어 나갔다. 구원에 이르는 길은 어린양 예수를 믿
는 것뿐입니다. 어디선가 듣고 보았던 암호 같은 단어
들이었다. 윤은 종이에 적힌 문구를 검색했다. 남자가
그에게 전해 준 종이는 기독교 전도지였다.

윤이 물품 보관함에 머리를 기댔다. 자물쇠의 서늘함이 두피로 느껴졌다. 철의 특성이다. 26번, 8족. 지구뿐 아니라 인간의 몸에도 있는 원소. 흔해서 가치가 없다. 철은 윤이 수집한 두 번째 원소다. 흔해서 쉽게 얻을수 있는데도 그가 열두 살에 모았던 철은 순수한 철이아니라 황화 철이었다. 산소와 결합한 녹슨 철을 유리병에 담고 윤은 무척 기뻐했다. 순수한 철을 얻은 다음에도 윤은 부삽에서 떼어낸 황화 철을 버리지 못했다. 주기율표에 있는 원소를 모으는 것은 당시 과학 학원학생들에게 유행이었다.

그가 처음 모은 원소는 수은이었다. 윤은 실수로 냉장고에 붙여 놓은 수은 온도계를 깨뜨렸다. 깨진 온도계에서 흩뿌려진 동그란 회색 수은을 손바닥으로 닦았다. 수은이 여러 개의 작은 공으로 쪼개졌다. 신기했다. 수은을 손가락으로 누르는 윤의 모습에 엄마는 수은에 중독된다며 그를 밀쳤다. 엄마는 좁쌀보다 작아진 수은을 빨대로 모았다. 물처럼 보였던 수은은 합체의 제왕이었다. 엄마는 종이에 수은을 올려서 변기에버렸다. 윤은 걸레로 닦아내지 않고 왜 변기에 버리느냐고 물었다. 엄마는 수은은 걸레로 닦아 낼 수 없다고 답했다. 엄마의 대답은 윤의 질문에 대한 정확한 답변이 아니었다. 윤은 재차 물었다. 엄마는 수은은 원래 그런 거라고, 사람이 너무 집요하면 못쓴다고 화를 냈다. 윤이 수은을 걸레로 닦아 낼 수 없는 이유를 안 것은 과학 학원에서였다.

열 살 때 윤은 과학 학원에 다니기 시작했다. 윤에게 과학 학원은 신비로운 놀이터였다. 화학이 좋았다. 원소마다 가진 특성이 다르다는 게 신기했고, 원소의 특징을 외우는 게 재밌었다. 윤은 화학자가 돼서 노벨상을 받겠다고 결심했다. 5학년이 되자 윤은 과학 실험 대신 과학고 입시를 위한 수학 올림피아드 문제만 풀었다. 그즈음 윤에게 틱이 발생했다. 그의 엄마는 놀이 치료 대신 원소 주기율표 모으기 세트를 사 줬다.

침대 옆 벽면에 붙인 주기율표를 보며 윤은 밤잠을 설쳤다. 1번 원소인 수소를 어떻게 모으나, 하는 생각에 머리가 아플 지경이었다. 윤은 침대에서 벌떡 일어나 주기율표를 바라보았다. 한참 동안 주기율표에 있는 원소의 특성을 외우던 윤이 갑자기 침대에서 뛰어내렸다. 부엌으로 달려가 냉장고에 붙어 있는 자석 온도계를 깼다. 수은이 바닥에서 데굴데굴 굴러다니며 쪼개졌다. 베란다에서 나뎅구는 부삽에서 철을, 전구를 깨뜨려 텅스텐과 필라멘트를 분리한 다음 꼬불거리는 전선을 유리병에 담았다. 원소 30개 정도는 쉽게 구할 수 있었다. 나머지 원소는 어른이 되면 다 구할 수 있을 줄 알았다.

몇 번까지 모았더라?

윤은 원소 박스를 떠올렸다. 기억나지 않았다. 미국 생활을 접고 한국에 돌아올 때 그의 짐에 원소 박스는 없었다. 어디서 잃어버렸는지 모른다. 한때 윤은 원소를 모으기 위해 석 달 용돈을 모아 매사추세츠에서 뉴햄프셔까지 한달음에 달려갔다. 순수한 몰리브데넘은 그다지 희귀한 원소는 아니었지만, 학교 실험실에서 쉽게 얻을 수 있는 원소도 아니었다. 어처구니없을 만큼 돈을 많이 썼다. 상관없었다. 손바닥에 닿았던 따뜻한 구슬의 촉감이 아직도 생생하다.

뉴햄프셔에 있는 광물 상점은 실험실까지 갖추고 있었다. 상점 주인은 순수한 몰리브데넘을 얻기 위해선 불순물을 태우는 작업이 필요하다며 실험실을 보여 주었다. 상점 내부에 있는 지하 실험실은 공상 과학 영화에서나 볼 수 있는 그런 모습이었다. 전기로의 바닥은 동판이었고, 그 아래로 차가운 물이 흘렀다. 종 모양 유리 덮개처럼 생긴 석영 보호막이 전기로 주변을 감싸 투명한 둥근 벽을 만들었다. 윤은 구식 실험 도구에 홀렸다.

상점 주인이 그의 눈앞에서 손가락을 여러 번 튕겼다. 정신 차려, 이제 실험을 시작할까. 상점 주인은 윤의 눈을 바라보며 숫자를 센 후 전기 스위치를 켰다. 주황색 불빛이 터졌다. 분말이 구슬로 변했다. 마법과도 같은 순간이었다. 철보단 밝고 크로뮴보단 회색빛이 강한 쭈글쭈글한 덩어리는 그가 유학 시절 처음 수집한 원소였다. 윤은 상점 주인에게 플루토늄도 구하고 싶다고 말했다. 주인은 불가능하다고 했다. 그럼에도 윤은 상점 주인에게 계속해서 플루토늄 구매 메일을 보냈다. 엉뚱하게도 다른 상점에서 연락이 왔다. 뉴욕까지 달려가 플루토늄을 함유한 묽은 용액을 얻었다. 나중에 안 일이지만 그가 산 용액엔 플루토늄은 0.1퍼센트도 없었다.

*

윤의 손이 부르르 떨렸다. 영화 동아리 밴드 단체 알림이었다. 공상 과학 영화에 관심이 있는 사람들의 모임이다. 시사회 30분 전까지 입장해 달라는 회장의 메시지였다. 사진 촬영이 있다고 했다. 윤은 '좋아요'를 누르고 자신이 작성한 글을 확인했다. 그의 글에 댓글이 30개가 넘게 달렸다. 윤에게 시사회에 올 수 있는지를 묻는 글이 대부분이었다. 소모임 사람들은 윤이 IT 회사에 다니는 것을 알고 있다. 세계를 강타한 게임 회사에 다니는 미혼 남자인 것을 안 여자들이 그에게 관심을 보이기도 했다.

윤은 여자들의 관심에 어떻게 대처해야 하는지 몰랐다. 과학 고등학교엔 남자들이 압도적으로 많았고, 얼마 되지 않는 여자들은 잘생긴 남학생들과 연애했다. 공대에서도 윤은 여자들에게 열외였다. 미국에서 얻은 첫 직장에서 그에게 적극적으로 관심을 표하는 스패니시 여자가 있었지만, 윤에겐 그녀는 여자가 아닌 외국인일 뿐이었다. 그런데도 그녀가 커다란 가슴을 그의 등에 밀착시키거나 별로 중요한 말이 아닌데도 귓속말할 때 귓바퀴를 타고 들어오는 더운 입김에 윤의 몸은 어김없이 반응했다. 어영부영한 윤의 태도에 그녀는 금세 관심을 돌렸다. 그녀는 중국 남자와 데이트했다. 그제야 윤은 동양인도 서양인과 사귈 수 있다는 것을 알았다. 지금 다니고 있는 회사 개발실에서 리를 처음 본 순간 윤은 그녀에겐 당연히 잘생긴 애인이 있으리라 예상했다.

윤이 리에게 보낸 메시지 창을 열었다. 아직 리는 그가 보낸 메시지를 읽지 않았다. 당연하다. 리뉴얼 후 첫날은 화장실 갈 시간도 없다. 예상치 못한 곳에서 오류가 나기 때문이다. 대충이라도 씻고 시사회에 가려면 적어도 5시 전에는 집에 들어가야만 한다. 윤은 전화번호부를 열어 즐겨찾기 버튼을 눌렀다. 리의 번호가 유일하다. 한 번도 걸어 보지 못한 리의 핸드폰 번호와 사무실 직통 번호. 윤의 엄지가 그녀의 번호 위에서 흔들렸다.

리는 체구가 아담했고 눈이 소처럼 둥그랬다. 잠 좀 실컷 자 봤으면 좋겠다고, 그녀가 책상에 얼굴을 대며 눈을 껌벅이면 윤은 어김없이 뉴햄프셔에 있는 광물 상점을 떠올린다. 강력한 전기 충격에 거무튀튀한 표면으로 밝은 빛줄기가 뿜어 나오던 순간, 저릿저릿해서 오줌이 마려운 것도 같은, 구슬의 따스함.

리의 몸도 그렇게 따뜻할까?

윤은 번호를 누르지 않고 핸드폰을 움켜쥐었다. 손이 따뜻해졌다. 윤이 핸드폰을 쥔 손을 주머니에 넣고 물품 보관함에 이마를 댔다. 또다시 자물쇠의 서늘한 기운이 느껴졌다.

기억해, 기억해. 넌 기억해 낼 수 있어.

윤은 그가 놓치고 있는 글자를 기억해 내려는 듯 자물쇠에 이마를 꾹꾹 눌렀다.

신도림역 4번 출구…… 몇 시였지?

윤이 이마를 자물쇠에서 뗐다가 다시 쿡 눌렀다. 멀리서 보면 마치 자해하는 것 같아서 지나가는 사람들이 그를 보며 웅성거렸다.

괜찮아요?

머릿수건을 쓴 환경미화원이 윤의 어깨에 손을 댔다. 윤의 어깨가 움츠러들었다.

119 불러 줄까요?

아뇨, 괜찮습니다.

윤은 이마를 자물쇠에 댄 채 대답했다. 환경미화원이 고개를 갸웃하며 그의 옆얼굴을 빤히 쳐다보았다.

잠깐 역무원실에 가실래요?

아뇨, 정말 괜찮습니다.

안 괜찮은 거 같은데. 식은땀 좀 봐.

윤은 손바닥으로 얼굴을 훔쳤다. 손바닥이 땀으로 축축해졌다.

더워서.

5월에 웬 가죽잠바야.

윤은 5월에 가죽점퍼를 입든 오리털 패딩을 입든 남이 상관할 일은 아니라고 말하고 싶었지만, 우물우물 대답했다.

그냥 멋으로.

리가 잘 어울린다고 칭찬했다. 그 후 윤은 한여름만 빼고 가죽점퍼를 입고 다녔다. 환경미화원이 손으로 땀을 닦는 윤을 위에서부터 쭉 훑고는 몸을 돌리며 구시렁댔다.

윤은 역사 내에 있는 편의점에서 생수 두 병을 사서 단박에 들이켰다. 물을 마시면서도 그의 시선은 3번 출구 건너편 차단기에 가 있었다. 사람들이 개찰구를 밀며 들어왔다. 황갈색 중절모를 쓴 노인이 빠른 속도로 1호선 표지판 아래를 지나갔다. 단체로 맞춰 입은 듯 분홍색 겉옷을 걸친 할머니 셋이 편의점 앞을 지나갔다. 미니스커트를 입은 여자가 편의점으로 들어갔다. 주름이 많은 짧은 치마였다. 윤의 시선이 젊은 여자의 다리로 향했다. 매끈하고 하얀 다리였다. 윤은 여자를 따라 들어갔다. 여자는 담배를 주문하며 신분증을 점원에게 보여줬다. 윤은 생수 한 병을 들고 여자 뒤에 섰다. 여자의 머리칼에서 달콤한 향이 났다. 여자는 담배와 지갑을 가방에 넣고 핸드폰 액정을 터치했다. 파란 바탕 화면에 글자가 와글댔다. 여자는 한 손으로 자판을 치면서 편의점을 나갔다. 치마 주름이 활짝 펴지며 춤을 췄다. 여자의 하얀 허벅지가 보였다. 다시 치마가 허벅지를 감쌌다. 윤의 아랫배가 묵직해졌다.

　　윤은 물을 마시며 물품 보관함에 몸을 기댔다. 사람들은 핸드폰과 걸었다. 통화하며 걷는 사람, 동영상을 시청하며 걷는 사람, 메시지를 보내며 걷는 사람, 핸드폰을 들고 두리번거리며 걷는 여자. 두리번거리던 여자의 눈과 윤의 눈이 허공에서 마주쳤다. 여자가 몸을 돌려 윤에게 다가왔다. 윤이 물품 보관함에서 몸을 뗐다.

　　저기…….

쪽지 보내신 분?

윤과 여자가 동시에 입을 열었다.

제가 초행이라. 국철이 어느 쪽인지.

4번 출구. 쪽지. 맞죠?

윤이 눈을 깜박이며 여자에게 다가갔다. 여자가 미간을 좁히며 한 걸음 물러섰다.

4번 출구. 찌찌.

네?

여자의 목소리가 한 옥타브 올라갔다.

네오미스트 젖꼭지요. 4번 출구로 오라고.

여자가 인상을 구기며 뒷걸음질 쳤다.

젖꼭지 때문에 오신 거 맞죠?

여자가 두 팔로 자기 가슴을 가렸다.

아니, 내 거요.

윤은 물병을 왼손으로 바꾸어 들고 오른손으로 티셔츠를 올렸다. 여자의 동공이 확장되었다.

젖꼭지가 없어졌잖아요.

미친놈.

여자가 몸을 휙 돌려 달아났다.

저기요, 어디 가세요. 그냥 가시면 어떡해요.

달아나던 여자가 미끄러졌다. 윤은 여자에게 달려 갔다. 여자가 잽싸게 일어나 승강장으로 통하는 계단 으로 뛰어 내려갔다. 윤은 승강장으로 통하는 계단 앞에서 숨을 골랐다. 머릿속이 엉켰다. 여자를 쫓아가야 하는지, 4번 출구로 추정되는 곳에 서 있어야 하는지 판단할 수도, 결정을 내릴 수도 없었다. 판단과 결정은 그의 몫이 아니었다. 환경미화원이 눈을 연신 깜박이 는 윤을 주시하고 있었다.

리는 오후 2시가 지나도록 윤의 메시지를 읽지 않 았다. 윤이 초조함에 다리를 달달 떨었다. 시사회 후에 감독과 배우들, 영화 평론가와 시네마 토크를 해서 시 사회 티켓이 꽤 비쌌다. 게다가 김이 시사회에 딸을 데 려온다고 했다. 영화 동아리 부회장인 김은 윤을 과학 자님이라고 부르며 깍듯하게 대한다. 자기 딸도 윤처 럼 훌륭한 과학자가 되면 좋겠다는 말을 입에 달고 산 다. 프로그래머가 무슨 과학자냐고 윤이 손사래를 쳐 도 김은 그를 과학자님이라고 부른다. 김이 과학자님 이라고 부를 때마다 윤은 뉴햄프셔에 있는 광물 상점 을 떠올렸다. 어린 시절 윤은 노벨 화학상을 받는 게 꿈이었다. 의대에 못 가니 당연히 화학과에 진학할 거로 생각했는데 난데없이 컴퓨터공학과로 진로가 바뀌었다. 화학과에 진학했다면 과학자란 호칭이 낯간지럽고 부끄럽지 않았을 것이다. 김과 그의 딸을 위해서라도 시사회엔 꼭 가고 싶었다. 빨리 쪽지를 보낸 사람을 찾아야만 했다.

저기 선생님.

역무원이 윤에게 말을 걸었다. 역무원 뒤에 서 있는 환경미화원이 날카롭게 윤을 쏘아보고 있었다.

잠깐 역무실로 함께 가셨으면 하는데.

조용했지만 단호한 어조였다.

왜요?

잠깐 같이 가시죠.

역무원이 윤의 팔을 잡았다. 윤은 역무원의 팔을 뿌리쳤다.

왜 그러시는데요?

여기 하루 종일 서 계셨다고 들었는데. 역무원실에 가서 말씀을 좀 나눴으면 해서요.

만날 사람이 있어요.

잠깐이면 됩니다. 같이 가시죠.

여기서 하세요. 난 못 움직여요.

윤의 어조가 공격적으로 변했다. 역무원의 눈이 가늘어졌다. 윤은 역무원의 시선을 피해 고개를 돌렸다. 초조해진 윤의 눈에 아래위로 파란색 옷을 입은 남자가 포착됐다. 가방까지 짙은 파란색으로 맞춰 입은 남자가 주변을 두리번거리며 윤에게 다가왔다. 윤의 눈이 빠르게 깜박였다. 입에 고인 침을 삼키느라 그의 목젖이 크게 울렁였다. 주변의 소음이 점점 작아졌다. 남자의 발밑으로 소음이 빨려 들어가는 것 같았다. 남자의 푸른 셔츠가 펄럭였다. 윤의 동공에 파란 소용돌이가 일었다. 남자의 눈과 윤의 눈이 허공에서 마주쳤다. 윤은 자신에게 쪽지를 보낸 이가 남자라는 것을 직감했다.

남자는 윤을 지나쳐 화장실 옆에 설치된 공중전화로 걸어갔다. 남자가 전화를 걸었다. 윤은 자신의 핸드폰과 남자를 번갈아 쳐다봤다. 윤의 핸드폰 액정은 까맸다. 남자가 전화를 끊고 화장실로 들어갔다. 윤은 남자를 따라갔다. 역무원은 윤이 남자 화장실로 들어가는 것을 확인하고는 참았던 숨을 크게 내쉬었다. 환경미화원이 역무원에게 따라 들어가라고 손짓했다.

여자 화장실 간 것도 아닌데 굳이 뭘 따라 들어가요.

그래도 혹시 모르지. 감이 안 좋아.

역무원이 목을 긁적거렸다.

남자끼린데 별일 있겠어요?

남자가 소변기 앞에 서서 바지를 내렸다. 윤이 남자 바로 옆 소변기에 섰다. 반쯤 녹은 나프탈렌이 담긴 플라스틱 공이 남자의 오줌발에 뒹굴었다. 지린내가 났다.

뭐요?

경계와 적의가 드러난 목소리에 윤의 시선이 나프탈렌에서 남자의 성기, 성기를 잡은 손, 배, 가슴으로 천천히 이동했다. 남자가 인상을 구겼다. 남자의 오줌발에 나프탈렌이 변기에서 달랑거렸다.

나프탈렌, 분자 기호 C10H8. 대표적 승화 물질. 순간 윤은 뒤집어 입은 팬티에 나프탈렌을 넣으면 어떨까, 생각했다.

뭘 보오?

남자가 소리치며 화장실 안을 빠르게 훑었다. 화장실 안엔 남자와 윤뿐이었다.

나한테 쪽지 보냈죠?

무슨 소리요?

남자의 목구멍을 타고 올라온 목소리 끝에 바람 소리가 났다.

쪽지 보냈잖아요. 내 젖꼭지 어딨어요?

남자는 오줌을 빠르게 털어냈다. 윤의 시선이 남자의 성기 끝에서 흩뿌려지는 오줌 방울로 향했다. 순간 온종일 오줌을 누지 않았다는 것이 생각났다. 거짓말처럼 윤은 요의를 느꼈다.

서둘러 바지 지퍼를 올린 남자는 허둥대며 화장실을 빠져나갔다. 윤은 요의를 참고 남자를 따라갔다. 남자는 자신을 따라오는 윤을 향해 주먹을 내질렀다. 남자의 주먹은 윤에게 닿지 못했다.

4번 출구가 없잖아요.

남자가 발을 헛디디며 개찰구를 밀었다. 카드를 단말기에 대지 않아서 개찰구 바는 꿈쩍도 하지 않았다.

4번 출구라며?

남자가 윤을 돌아보았다. 남자의 바지 앞섶이 젖어 있었다.

내 젖꼭지 빨리 내놔. 시사회 가야 한다고.

역사 내에 있던 사람들의 시선이 윤과 파란색 옷을 입은 남자에게로 쏠렸다. 편의점 아르바이트생이 바깥으로 고개를 쑥 내밀었다. 단팥빵 가게 여직원은 가게 밖으로 나와 입간판을 등지고 서서 그들을 구경했다. 역무원실로 가던 역무원이 윤에게로 달려왔다.

미친놈, 미친놈.

남자가 웅얼거리며 일회용 교통카드를 단말기에 대고 개찰구를 빠져나갔다. 윤도 개찰구 바를 밀었다. 스테인리스 바가 반쯤 돌아가다가 제자리로 돌아왔다. 남자는 3번 출구 계단으로 뛰었다.

거긴 3번 출구잖아. 4번 출구라며.

윤이 카드를 단말기에 대고 개찰구 바를 밀었다. 휘리릭, 경쾌하게 바가 돌아갔다. 윤이 남자의 팔을 잡아끌었다. 둘은 한데 엉켜서 바닥으로 쓰러졌다. 웅성웅성하는 소리가 들렸다. 윤이 남자의 멱살을 부여잡았다.

4번 출구라며, 왜 날 속여!

남자가 버둥대며 살려 달라고 소리쳤다. 남자의 외침이 끝나기도 전에 역무원이 윤의 팔을 낚아챘다.

저거 변태야, 어떤 여자한테 젖꼭지 보여 달라고 했

다니까. 그러면서 윗도리를 홀러덩 벗더니 배를 까더라고.

환경미화원이 손가락으로 윤을 가리켰다.

내가 그렇게 만만하냐. 시키는 대로 하니까 만만하냐.

윤이 역무원의 팔을 뿌리치며 남자의 멱살을 잡고 흔들었다. 남자가 윤에게 주먹을 날렸다. 남자의 얼굴이 윤의 눈꺼풀에 붙어서 사라졌다가 나타났다가 사라졌고 또 나타났다. 어지러웠다. 윤은 악착같이 남자에게 매달렸다.

가죽잠바 입은 놈이 변태라니까. 내가 봤어. 경찰 불러. 경찰.

누군가 윤의 머리를 가방으로 후려쳤다. 또 누군가는 윤의 허벅지를 걸어찼다. 그리고 또 누군가는 윤의 등을 밟았다. 혼미한 와중에도 윤은 지린내를 맡았다. 청색 옷을 입은 남자의 오줌발에 소변기 안에서 발라당 뒤집히던 나프탈렌. 윤은 맹렬한 요의를 느꼈다.

화장실. 화장실 가고 싶어.

윤의 웅얼거림이 들리지 않는지 사람들은 윤을 때리는 것을 멈추지 않았다. 윤은 바닥에 얼굴을 댄 채 화장실에 가고 싶다고 말했다.

내가 척 보고 미친놈일 줄 알았어. 오뉴월에 가죽잠바가 뭐야?

화장실, 화장실.

뭐라는 거야?

환경미화원이 쓰러진 윤에게 다가가자, 역무원이 그녀의 팔을 잡았다.

큰일 나요. 요즘 조현병 환자 무서운 거 몰라요?

뭐라고 계속 중얼거리잖아.

화장실, 화장실 가고 싶어.

화장실? 화장실 가고 싶다고?

윤이 고개를 끄덕였다. 뺨에 닿는 바닥이 차가웠다.

화장실은 무슨, 도망치려는 거지. 경찰 올 때까지 꽉 잡고 있어야지. 이런 놈은 놔주면 큰일 나.

그냥 싸, 이 새끼야. 어디서 수작이야.

누군가 윤의 멱살을 잡아 바닥에 꾹 눌렀다. 숨이 턱 막혔다. 윤은 멱살을 풀고 싶었으나 옴짝달싹할 수 없었다. 윤은 화가 났다. 젖꼭지를 되찾고, 화장실에 가고, 시사회에 가고 싶을 뿐이다. 윤은 고함을 내지르며 몸을 뒤틀었다. 화를 내야 할 순간이었다.

삶이 그대를 속일지라도 노여워하거나 화내지 말라는 시를 본 순간 아이러니하게도 윤은 삶에 화낼 수 있다는 것을 처음 알았다. 대학 교양 수업에 한국 문학이 있었다. 한국 문학을 배우는 시간에 왜 푸시킨의 시가 나왔는지 기억나진 않지만, 윤은 시를 낭독하던 강사의 목소리와 목소리 사이에 불던 바람 소리까지 똑똑히 기억했다. 삶은 그를 속였고 속이고 여전히 속일 것이다. 삶에 화를 내 봐야, 맞서 싸워 봤자 변하는 건 없다고 시인은 노래한다. 화내지 마, 노여워하지 마, 이유를 알려고 하지 마. 죽은 시인이 윤에게 속삭였다.

윤의 주머니에서 핸드폰이 부르르 떨렸다. 윤은 사람들에게 깔린 팔을 꺼내 핸드폰을 끄집어냈다. 바닥에 손등이 쓸렸다. 윤은 핸드폰 액정을 터치했다. 방광이 터질 거 같았다.

한 달 전, 윤은 리에게 메시지를 보냈다. 네오미스트 젖꼭지, 무슨 색으로 하면 좋을까. 윤이 남자는 핑크색이지, 문장을 쓰다가 지웠다. 핑크색 유두는 선정적인 거 같았다. 윤이 색상표에 마우스를 대고 채도와 명도를 조절하며 네오미스트의 젖꼭지 색깔을 고르고 있을 때 리에게서 메시지가 왔다.

　—이번 리뉴얼에 젖꼭지 만들어 주기로 결정됐어? 그런 말 못 들었는데.

　윤은 곧바로 리에게 답장했다.

　—우리 사고 치기로 했잖아.

　회식 자리에서 리는 불쾌한 얼굴로 말했다. 우리 사고 칠까? 윤의 눈꺼풀이 요동쳤다. 윤은 눈을 꽉 감았다. 경쾌한 웃음소리가 들렸다. 윤이 눈을 떴다. 놀라긴. 젖꼭지 만들어 주자. 싫어? 하자. 우리 둘이 사고 치자.

　고작 1년이 지났을 뿐인데 리는 아무것도 기억하지 못했다.

　—우리 둘이 네오미스트 젖꼭지 만들어 주자고 했잖아.

　리가 한참 있다가 답했다.

　—그랬나? 미안. 기억이 가물가물하다. 팀장님께 허락받아야 하지 않을까? 리뉴얼 잘하고. 수고해.

　리는 여전히 상냥했다. 윤은 리에게 왜 마음이 변했냐고 묻지 못했다.

　—리뉴얼 잘했더라. 천공의 섬만 좀 문제고 나머지는 굿굿! 고생했어.

어머, 어머, 저 사람 진짜 미쳤나 봐, 어떡해, 정말 쌌어. 미친놈이라고 했잖아. 땀을 삐질삐질 흘리는 게 영 수상쩍더라니. 어휴, 지린내. 말들이 떠다녔다. 453암페어의 전류를 온몸으로 받아낸 기특했던 몰리브데넘. 아름다웠던 주홍빛도, 따스함도 아주 잠시. 저릿저릿 오줌이 마려운 것 같은 순간은 너무 짧았다.

* 몰리브데넘 실험 장면은 휴 앨더시 윌리엄스의 『원소의 세계사』(김정혜 옮김, 알에이치코리아, 2013)에 나온 광물 상점을 참고했습니다.

오늘의 해시태그

9월 햇살이 이렇게나 뜨거운 줄은 몰랐다. 삭발한 머리와 얼굴이 화끈거렸다. 두피도 탄다며 연희는 내 민머리에 선크림을 처덕처덕 발라댔다. 두텁게 바른 선크림이 10분도 되지 않아 아이스크림처럼 녹아내렸다. 나는 흐르는 땀을 연신 닦아냈다. 선크림 때문에 눈이 쓰라렸다. 그늘막 하나 없는 단상에 사람을 앉혀 두고 김 선배는 몇십 분째 등록금 인상 반대 투쟁 구호를 외치고 있다.

"브라자 때문에 머리를 밀었다고? 진짜야? 먹고살기 힘들어서 자살하는 사람도 있는데 아무튼 팔자 편한 것들은……."

내가 탈코르셋 행사에서 삭발했다는 걸 알고 김 선배는 날 비웃었다. 학자금 대출에 짓눌린 학우들과 부모들을 생각하라고, 등록금 인상 반대 투쟁에서 머리를 밀어야 했다며 비난했다. 그러면서 내게 삭발식에 참여해 달라고 부탁했다.

"어차피 한 삭발, 왜 아껴? 삭발이 닳아? 그냥 가만히만 앉아 있으라니까. 가난한 학우들을 생각해 봐. 계급 투쟁이야말로 이 시대의 화두야, 제발 정신 좀 차리자."

김 선배는 내 손에 식권 석 장을 쥐여 주고 자기 할 말만 다다다다 뱉고는 날 등록금 투쟁 단상에 세웠다. 한남척결님이나 4B 전도사님이었다면 김 선배와 설전을 벌였을 텐데 나는 한마디도 못 했다. 눈물이 났다. 맥없이 당한 게 분하기도 했지만 지금 난 유사 최루탄 체험 중이다. 안구가 화끈거렸다. 최루탄 때문에 장님이 된다면 국가를 상대로 소송이라도 할 수 있지 선크림 때문에 장님이 되면 빡치는 일이다. 쓰린 눈을 손으로 꾹 누르며 일어났다. 총학생회 학우들이 소릴 질렀다. 학교가 떠나갈 듯 우렁차진 않았어도 지나가는 사람들이 대운동장으로 시선을 줄 만큼은 컸다. 옆 학교에서 지원 나온 풍물대가 꽹과리를 치고 나발을 불어댔다. 풍물대원이 다 남자였다. 협력 투쟁을 빙자한 여대와의 단체 미팅이지 싶었다. 단체 미팅이라니, 지금이 쌍팔년도냐.

"물러나라 어용 총장, 물러나라 어용 교수. 단결하라 학우들아. 등록금 인상 웬 말이냐. 장사꾼 총장은 물러나라! 물러나라!"

김 선배의 구호는 엉망이었다. 등록금 장사는 이사장이 하는 거고, 총장은 이사장 따까리다. 스피커는 지

직거리고, 풍물대는 지나치게 시끄럽고, 삭발을 약속한 학우들은 나타나지 않고, 나는 장님이 될지도 모르고. 모든 게 엉망진창이었다.

"왜 이렇게 울어?"

연희가 단상으로 올라와 휴지를 내밀었다. 나는 급하게 머리와 얼굴을 닦았다.

"눈 따가워 죽을 거 같아."

"선글라스 줄까?"

연희가 천진하게 물었다. 한 대 칠까, 생각할 때 연희가 물티슈로 얼굴과 머리를 닦아 주었다. 시원했다.

"볕이 장난 아니네. 타겠다, 타겠어. 두피에 화상 입으면 머리카락 안 나는 거 아니야?"

연희는 오늘도 아무렇지 않게 팩트로 사람을 공격한다. 진정한 공포란 식권 석 장에 탈모인으로 살아가야 하는 운명을 예감하는 것이다.

"너는 머리는 왜 밀어 가지고. 머리서 열나는 것 좀 봐. 잠깐만 기다려, 선크림 발라 줄게."

"선크림 안 돼."

나도 모르게 목소리가 커졌다. 김 선배가 우릴 째렸다.

탈코르셋 행사에서 가장 큰 퍼포먼스는 상의 탈의였다. 이삼십 대 여성이 주축인 '여성만세'는 행사의 취지와 퍼포먼스를 SNS로 알렸고 유튜브도 제작했다. 기레기들이 자극적인 헤드라인을 뽑아 기사를 냈다. 한남들과 댓글 싸움이 붙었다.

행사위원인 4B전도사님이 상의 탈의 퍼포먼스에 참여할 생각이 있느냐며 멘션을 보냈다. 4B전도사님은 비연애, 비섹스, 비혼, 비출산, 4B(four非)를 선택하고 모든 시간을 공무원 시험과 여성 권익 운동에 썼다. 4B전도사님은 내 영혼이 김 선배의 독설로 죽어 갈 때 만난 오아시스였고, 자아를 찾을 수 있게 해 준 인도자였다. 김 선배는 나를 화초two라고 불렀다. 화초one은 연희다.

총학생회에 지원한 나와 연희에게 김 선배는 총학을 아이템으로 여기지 말라고 했다. 있는 집 아이들이 의식 있는 척, 신념 있는 척하려고 지원한다며 우리를 젠체하는 사람으로 매도했다. 우리에겐 학생회를 아이템으로 여기지 말라고 했으면서 김 선배는 '가난'을 아이템으로 장착하고 마구 휘둘렀다. 내가 무슨 말만 하면 화초가 잡초의 삶을 어찌 알겠어, 했다. 가난을 겪어 보지 못한 너는 사회를 반만 볼 수 있는 애꾸눈이라는 말도 스스럼없이 했다. 학생의 인권은 빈부 격차와는 상관없는데 왜 내가 가난하지 않다는 이유로 독설을 들어야 하는지 이해되지 않았다. 인습적으로 주어진 길에서 벗어나 주체적이고 독립적으로 살고 싶었을 뿐인데, 그것의 시작이 총학생회 활동이었는데 김 선배는 나를 와인 마시는 강남 좌파 취급했다. 진심을 보여 줄 수 있는 가장 쉬운 방법은 부모로부터의 독립이었다. 나는 사람이 살 수 있는가 싶은 고시원에 들어 갔다. 작은 침대에 누우면 방이 아니라 관에 누운 것 같았다. 김 선배가 23년간 버티고 있는 가난을 난 20일 남짓 버티고 백기 투항했다. 패잔병인 내게 김 선배는 조소를 날렸다.

"화초답게 살아. 온실 좋잖아. 부모가 알아서 따순 밥 해 주고, 용돈 주고, 알아서 취업 시켜 주고. 어디서 가난 코스프레질이야. 재수 없게."

그렇게 살지 말라고, 선을 지키라고 대들었어야 했는데 나는 그러게요, 하고 총학을 나왔다. 중학교 때부터 단짝이었던 연희가 울며 잡았지만 김 선배의 독설을 계속 듣다간 정신병에 걸릴 거 같았다. 연희도 당연히 나를 따라 나올 줄 알았다. 연희는 총학 활동에 관심이 없었다. 성인이 되면 미성년일 때와는 다른 삶을 살아야 한다는 것 자체를 이해하지 못한 채 나를 따라다녔는데 연희는 총학에 남았다. 속은 여린 사람이야, 상처가 많아서 그런 것 같다며 연희는 김 선배 편을 들었다. 단짝도 자존심도 모두 스크래치 났다. 연희는 내 모든 트윗에 힘내라는 해시태그를 붙였다. 천진한 해시태그가 날 더 초라하게 만들었다. 나는 총학생회 회원들 보란 듯 글을 올렸다. #화초인정 #독립포기 #비난감수 #힘내세요사절 #총학잡초사요나라. 그제야 연희는 댓글을 남기지 않았다. 대신 4B 전도사님이 내 트위터에 글을 남겼다. 독립을 시도하는 나이는 사람마다 달라요. 스무 살에 자신의 인생을 개척하려고 시도했다는 것 자체로 당신은 멋진 사람입니다. #외유내강 #열정 #시도 #용기 #멋짐. 얼굴도 이름도 모르는 사람이 단 해시태그에 위로받았다. 그 후로도 그는 간간이 댓글을 달았다.

나는 4B 전도사님을 만나기 위해 '여성만세' 정모

에 나갔다. 그는 내게 온실 속 화초라고, 애꾸눈이라고 한 것은 가스라이팅이라며 분노했다. 젠더 불평등은 계층의 고착화 문제보다 더 근원적인 사회 차별이라는 걸 알려 줬다. 그동안 당연하게 여겼던 관습이 젠더 불평등이었다니, 나는 정말 애꾸눈이었다. 공무원 시험을 준비하면서 사회 문제에 관심을 가지고 주변을 살뜰히 챙기는 4B전도사님은 김 선배와는 다른 강인함이 있었다.

무거운 마음으로 탈코르셋 행사에 갔다. 행사 전날 4B전도사님에게 받은 멘션 때문이었다.

─젠더포비아님, 상의 탈의 퍼포먼스에 함께하실 수 있나요?

그를 실망시키고 싶지 않았지만, 탈코르셋의 표현이 윗옷을 벗어야만 하는가엔 의문이 들었다. 물론 신념을 위해 상의 탈의를 하는 동지들에겐 무한한 지지와 박수를 보내는 바이다.

집결지엔 동지들보다 남자들이 더 많았다. 나는 모자를 깊게 눌러쓰고 마스크를 고쳐 썼다. 한남척결님이 동지들에게 마스크와 모자를 쓰자고 먼저 제안했다. 똥이 더러워서 피하지 무서워서 피하냐고 했는데 나는 똥이 더러워서 무서웠다.

행사 브로슈어를 배포하던 4B전도사님이 나를 보자마자 달려와 안아 주었다. 심장이 두근두근했다. 혹시 내가 퍼포먼스에 참여한다고 생각하는 건가 싶어서 그와 눈도 마주치지 못했다. 행사는 예정 시각보다 20분 늦게 시작됐다. 4B전도사님이 아이스아메리카노를 건넸다. 우리는 나란히 서서 한남척결님이 '여성 해방 결의문' 읽는 것을 들었다.

"먼저, 우리는 오랫동안 남성 중심의 가부장제에 억압당하고 심지어는 생명까지 빼앗겼던 우리 여성 자매들에게 애도와 추모의 뜻을 보이는 바이다. 우리는 오늘 우리의 노예 된 역사를 이야기하기보다는 가부장제에 짓눌려 드러내지 못했던 진정한 우리 됨과 우리의 나아갈 방향을 이야기하고자 한다."

한남척결님이 잠시 숨을 골랐다. 마스크를 쓴 동지들이 환호성을 내지르며 박수 쳤다. 나는 연신 4B전도사님을 훔쳐보았다. 퍼포먼스에 나서 달라고 하면 어떡하나, 하는 걱정에 '여성 해방 결의문'이 귀에 들어오지 않았다.

"생각해 보셨어요?"

4B전도사님이 물었다. 나는 고개를 숙이고 아메리카노만 마셨다.

"강요는 절대 아니에요. 가슴은 다 같은데 여자 가슴만 성적인 대상이 된 건 다 남성 중심 사회가 만든 저급한 성문화 때문이죠. 그동안 여자들이 남자들의 성노리개로 살았던 세월을 생각하면 화가 나서 견딜 수가 없어요. 젠더포비아님은 어떻게 생각하세요?"

내 의사와는 상관없이 눈꺼풀이 혼자 요동쳤다. 치졸하게 뒤로 빼는 건 내 스타일이 아니지만, 분위기에 휩쓸리면 후회막급일 게 분명하다. 난 가슴보다 배가 더 나왔다. 게다가 짝가슴이다. 머릿속에서 성희롱과 외모 비하 댓글이 와글댔다. 나는 4B전도사님처럼 진짜 페미니스트가 될 수 없는 사람인 거 같았다.

"설마 부담 갖는 거 아니죠? 저 그런 사람 아니에요. 퍼포먼스는 온전히 자유 의지로 행해져야 한다고 생각해요. 강요해서도, 강요받아도 절대로 안 된다고 생각해요."

가슴이 답답해서 얼음을 꺼내 먹었다.

"참, 김 선배라는 사람은 요즘 어때요? 친구분은 아

직도 그 사람한테 가스라이팅 당하고 있나요?"

연희는 여전히 김 선배의 손아귀에서 놀아나고 있었다. 2학년 2학기에 신청해 놓은 교환 학생 프로그램까지 미루고 총학생회 활동 중이다. 연희의 트위터는 과격한 등록금 인상 반대 투쟁 구호로 도배되어 있었다. #삭발모집 #등록금인상 #결사반대 #차라리죽여 #교육평등 #뭉치자.

"온실 속 화초가 아니란 걸 삭발로 증명하면 어떨까요? 제가 해라, 마라 할 일은 절대 아니지만 제 생각엔 젠더포비아님이 삭발하는 것도 괜찮을 거 같아요."

삭발은 생각해 본 적도 없었다. 내가 엄마에게 물려받은 유일하게 좋은 유전자는 등허리까지 길러도 윤이 나는 찰랑찰랑한 머리카락이다.

"지금까지 김 선배란 사람이 계급 투쟁을 위해 자신을 희생한 적이 있었나요? 총학생회 활동이라는 게 금전적으로 이익도 있고 스펙이랑도 연결되니까. 엄밀히 말하면 순수하게 봉사나 희생은 아니지요."

정신이 번쩍 들었다. 4B 전도사님의 말대로 김 선배는 총학생회 회장을 하는 대가로 장학금을 받고 기숙사도 제공받는다.

"난 온실 속 화초가 아니다. 대가 없이 순수한 신념을 위해 삭발을 할 수 있는 사람이다. 김 선배한테 당신은 신념을 위해 삭발할 수 있냐는 도전장 같은 역할도 할 수 있을 거 같고. 어때요?"

탈코르셋 행사에 삭발 인원은 총 일곱 명이었다. 일곱 명이 나란히 앉아 서로 손을 꼭 잡았다. 우리를 둘러싼 수많은 눈동자, 눈물, 함성, 비웃음과 질타가 귀에 쟁쟁했다. 홀렸다. 홀리지 않고서야 나는 머리발인데 머리를 민다니 제정신이 아니었다. 지금이라도 도망칠까, 마음이 바뀌었다고 말할까. 4B전도사님이 내게 응원의 눈빛을 보내고 있었다. 친절하고 다정하고 인간에 대한 예의를 갖춘, 21세기의 거대 담론을 읽고 부조리에 항거하는 지인을 잃고 싶지 않았다. 내 주변 인간들은 개인주의거나 김 선배처럼 악독하거나 연희처럼 대책 없이 천진하다.

내가 우물쭈물하는 사이 바리캉이 머리를 지나갔다. 머리카락이 어깨와 무릎으로 떨어졌다. 매일 아침저녁으로 빗던 탐스러운 머리카락이 쓰레기처럼 길바닥에 떨어졌다. 내일 아침이면 빗을 머리가 없을 것이다. 순간 내가 왜 삭발을 하고 있지, 의문이 들었다. 내가 과연 여성이기에 짓눌린 삶을 살고 있는가? 아름다움을 강요받고 있는가? 해선 안 될 생각들이 머릿속에서 산란했다. 하지만 여기서 그만두기엔 머리카락이 얼마 남지 않았다.

삭발식이 끝났다. 박수와 야유가 동시에 나왔다. 심장이 터질 거 같았다. 한남척결님은 우리 한 명 한 명을 꽉 끌어안고 등을 토닥이며 속닥였다. 심장 박동 소리가 너무 커서 한남척결님의 말이 들리지 않았다. 삭발한 일곱 명이 한 줄로 나란히 서서 동지들에게 인사하고 뒤로 물러났다. 4B전도사님이 스펀지로 내 얼굴과 머리에 붙은 머리카락을 쓸어 내며 달콤한 말을 속삭였다.

"젠더포비아님은 온실 속 화초가 아니란 걸 스스로 증명한 진정한 용자예요."

4B전도사님은 삭발한 나머지 사람들과도 포옹하고 그들의 등을 토닥였다. 나는 물티슈로 머리에 붙은 잔여물들을 마저 닦아냈다. 나를 증명했는데 이상하게 마음이 불편했다.

상의 탈의 퍼포먼스가 시작됐다. 한남척결님을 비

롯한 네 명의 동지가 각자 사회에 던지는 메시지를 선포했다. 기레기와 일베 들이 사진을 연사로 찍어댔다.

"코르셋을 거부한다. 여성에게 강요된 아름다움을 거부한다."

동지들이 셔츠를 벗었다. 여덟 개의 가슴이 보였다. 연신 터지는 카메라 셔터 소리, 번쩍거리는 플래시, 남자들의 비아냥 가득한 환호성. 어지러웠다. 나는 고개를 돌렸다. 사람들 머리 위로 내려앉은 노을이 너무 붉었다. 눈물이 떨어졌다. 손등으로 눈물을 닦는데 뺨이 아팠다. 머리카락이 손등에 붙어 있었다. 나는 얼굴과 손등에 붙은 머리카락을 떼어내느라 상의 탈의 퍼포먼스의 끝을 보지 못했다.

광란의 밤을 보내고 맞은 아침은 불쾌했다. 거울 속 낯익은 비구니가 게슴츠레한 눈으로 날 비웃고 있었다. 파르라니 깎은 머리 박사 고깔에 고이 감추오고……. 불현듯 고등학교 때 배웠던 시가 떠올랐다. 머리에 손을 댔다. 만질만질할 줄 알았는데 까슬까슬했다. 오빠가 입대 전 깎은 머리가 지금 내 머리보다 2밀리 정도 더 길었다. 입술을 꽉 깨문 오빠를 보며 엄마가 울었다. 괜히 따라왔다고 후회하며 나도 울었다. 오빠는 민머리를 쓰다듬으며 정재호라고 쓰고 매력이라고 읽지. 머리 밀고 이 정도 생긴 남자는 엄마 아들뿐일걸, 했다. 오빠의 말에 엄마는 눈물을 닦으며 고개를 끄덕였고 나는 토하는 시늉을 했다. 군대 가면 쓰지도 못할 아이패드에 비번을 걸어 놓고 오빠 새끼는 입대했다. 나는 수업도 째고 훈련소까지 따라갔는데 남매간의 정은 1원어치도 없는 인간이다.

"정희재라고 쓰고 매력이라고 읽는다."

오빠처럼 주문을 외웠다. 거울 속 여자는 못생겼다, 못생겼다, BGM을 자동 재생시켰다. 우울했다. 우울할 땐 '여성만세' 카페에 들어가야 한다. 성차별과 성희롱을 당한 글들을 보면 분노가 치밀어서 우울을 잊을 수 있다. 카페에 탈코르셋 행사 사진과 동영상이 업로드되어 있었다. 동지들의 댓글을 읽다 보니 눈물이 핑 돌았다. 신념을 위해서 상의 탈의는 못 할망정 머리 정도는 당연히 깎아야 했다. 이깟 못생김 따위에 전전긍긍하는 나는 진짜 페미니스트가 되려면 아직 멀었다. 거울을 보며 눈을 부릅뜨고 '여성만세' 구호를 외쳤다.

"남자는 못생기면 상장 폐지된 주식! 여자는 못생

겨도 된다."

지금까지 여자가 못생겼다고 조롱의 대상이 된 수많은 역사를 생각해 보라. 예뻐지려는 마음이 반페미니즘이다. 예쁜 영계가 최고라고 주입하고 나이 많고 못생기면 여자도 아니라는 열등감을 심어 주는 남자와 늙은 여자들. 그들에게 나이와 외모는 권력이 될 수 없다고 반기를 들어야만 한다. 여자들이여, 탈코르셋으로 그들에게 항거하라! 한남척결님의 글을 읽으며 나는 머리를 쳐들었다.

나, 정희재는 여성에게 아름다움을 강요하는 사회에 대항하는 자로 기록되겠지만 엄마에겐 미친년으로 기록되었다. 쓰린 속을 부여잡고 해장거리를 찾아 냉장고를 뒤지다가 엄마와 딱 마주쳤다.

"너 머리! 머리 왜 그래!"

운동 간 줄 알았던 엄마가 집에 있었다.

"이, 이, 이 미친년, 너 머리 그게 뭐야! 내가 학생회 하지 말라고 했지!"

엄마는 아직도 내가 총학생회 활동을 하는 줄 알고 있다. 대학에 가면 나 하고 싶은 대로 하고 살라고 해 놓고선 엄마는 사사건건 간섭이다. 독재 탄압에 맞서는 민주화 운동을 하는 것도 아니고 총학생회의 명분이 뭐냐고 엄마는 자꾸 따지며 여행을 다니면서 시야를 넓히든지 스펙을 쌓든지 생산적인 일을 하라고 잔소리했다. 노후된 학교 시설을 고치기는커녕 땅을 야금야금 팔아먹는 학교 이사회에게 빅엿을 먹이는 것도 민주화 운동만큼 중요하다. 길게 보면 사회에 나가서 갑에게 맥없이 당하는 을이 아닌, 항거하는 을로 살아갈 수 있는 처세술의 기초를 배울 수 있는 곳이 총학생회인데 엄마는 시간과 에너지를 낭비하는 곳이 총학생회라고 여겼다. 나도 나름의 생각이 있어서 총학생회에 들어간 건데 엄마나 김 선배는 내가 의식 있는 척하기 위해 총학생회 활동을 하는 줄 안다.

"군대 가? 속세를 떠나기로 했냐. 차라리 군대나 가지 그랬어."

엄마가 우산으로 내 등짝을 후려쳤다. 질문했으면 답을 들어야지, 질문과 동시에 매를 드는 처사는 옳지 않다. 나는 엄마의 우산을 피하며 모자를 들고 튀었다.

"이 미친년, 들어오기만 해 봐. 너 죽고 나 죽는 거야. 저걸 낳고 미역국을 먹은 내가 미친년이지 미친년이야."

계단을 뛰어 내려가는 내 등에 대고 엄마가 소리 질렀다. 삭발이 엄마 죽고 나 죽고 할 일은 아니다. 물론 당황하고 어이없을 순 있어도 이유를 먼저 듣는 게 순서다. 내 말을 먼저 들었더라면…… 우산이 아니라 골프채로 맞았지 싶다. 엄마는 페미니즘과 거리가 멀다. 광채 피부를 위해 피부과에 돈을 쏟아붓고 다이어트 때문에 곤약밥을 먹는다.

1층 엘리베이터 옆에 붙어 있는 거울을 보며 모자를 썼다. 모자를 써도 삭발한 티가 났다. 거국적으로 머리를 밀었던 마음을 지키려면 모자를 벗는 게 맞았다. 언젠간 엄마도 나와 함께 삭발 의식에 참여할 수 있도록 엄마를 교화시키리라 다짐하며 모자를 버렸다. 아까웠지만 모자를 가지고 있으면 다시 쓸 것 같았다. 진퇴양난……은 아닌 것 같고 낭떠러지에 진을 친다는 한자 성어가 있는데 너무 오래전에 배워서 기억이 안 난다. 그래도 뭐 나는 이과니까 한자 성어쯤 몰라도 괜찮지, 싶었다.

수많은 눈이 내게 집중됐다. 5분 정도는 쏟아지는 시선에 맞섰지만 결국 난 지하철 역내에 있는 상점에서 모자를 샀다. 모자를 쓰고 트위터를 확인했다. 상의 탈의 퍼포먼스에 대한 글이 벌써 3만 트윗이나 되었고 삭발 의식 키워드도 만 트윗이나 됐다. '여성만세' 공식 트위터 계정에서 올린 영상 트윗의 알티 수가 5천을 훌쩍 넘었다. 가슴이 뜨거워졌다.

4B 전도사님에게 멘션이 왔다. 당당한 그대, 멋집니다. 젠더포비아님이 제 옆에 있어서 행복합니다. #탈코르셋 #삭발 #당당함 #용자 #멋짐폭발 #걸크러시. 당당하게 삭발했으니 당당하게 드러내는 것이 걸 크러시였다. 나는 사람들의 시선에 맞서며 모자를 벗고 등교 셀카를 찍어 올렸다. 바로 댓글이 달렸다. 어제의 동지들, 오늘의 동지들, 내일의 동지들이 단 열정적인 댓글에 가슴이 활활 타올랐다.

뜨거운 마음으로 학교에 갔다. 지하철에서 샀던 모자도 쓰레기통에 버렸다. 모자를 하루에 두 개나 버린 내 신념을 잊지 않으리라! 주먹을 불끈 쥐고 매점에서 컵라면으로 해장했다. 국물을 들이켜자 속이 풀렸고 머리에서 땀이 났다. 삭발의 장점 하나, 땀을 바로 닦을 수 있다. 휴지로 머리를 닦고 국물을 마저 들이켜는데 누군가 내 정수리에 손을 얹었다.

"너 머리 밀었어?"

김 선배가 내 머리에 붙어 있던 휴지를 떼어 내며 웃었다. 삭은 치아가, 부러진 앞니가 보였다. 처음이었다. 김 선배가 나를 보며 환하게 웃는 건. 그는 웃는 모습보단 화내는 게 더 어울렸다.

"가슴도 까고 머리도 민 거야?"

내가 탈코르셋 행사에서 삭발했다는 말을 들은 김 선배가 물었다.

"어디 가서 벗지 마. 나중에 얼마나 이불킥 하려고 그래. 꼴페미들이랑 논다는 소문은 들었는데 너 그러다가 골로 간다. 탈코르셋은 이미 할매들이 하고 있어. 우리 할머니는 아예 브라자가 없어."

꼴페미라니, 말이 심했다. 발끈해서 입을 열었지만 김 선배는 말할 틈을 주지 않았다.

"등록금이 15프로 인상되면 학자금 대출 이자가 얼마나 느는지 알아? 너 모르지? 모르니까 니가 그러고 다니지. 브라자 한다고 죽어? 등록금 인상되면 죽는 사람 많아. 이건 생존의 문제야. 브라자랑은 차원이 달라. 정신 차려."

김 선배는 '여성만세'를 모독했다. 분한 마음이 드는 동시에 김 선배의 말에 수긍했다. 등록금 인상이 학생들에게 큰 부담인 건 사실이다.

"한 번만 부탁하자, 머리 좀 쓰자. 머리 밀라는 것도 아니잖아. 그냥 너는 앉아 있기만 하면 돼. 내가 뭐 부탁하는 사람은 아니잖아."

그랬다. 김 선배는 부탁 대신 삥을 뜯었다. 그의 별명은 생리대 앵벌이다. 김 선배는 아는 사람을 만나기만 하면 생리대 있냐고 묻는다. 화장실 옆 칸에서 모르는 사람이 부탁해도 내주는 게 생리대이긴 한데 김 선배는 맡겨 놓은 사람처럼 가져갔다. 주로 후배에게 뜯었다. 생리대를 받으면 선심 쓰듯 언니라고 부르게 했다. 화장실에 생리대 자판기가 있다고 거절하면 자판기 있는 건 아는데 돈이 없다고 대답해서 상대를 나쁜 사람으로 만들었다. 가난이 무기냐고 수군대는 사람들도 있는데 김 선배는 가난에 당당한 사람이기도 하다.

김 선배는 균에 점령당한 치아를 부끄러워하지 않는다. 그의 치아는 유치같이 작고 거뭇해서 시선을 끌었다. 치아 사이의 검은 공간에 충치균이 가득할 것만 같았다. 그가 말을 하거나 재채기하면 나는 뒤로 물러서거나 고개를 돌렸다. 한 상에서 음식을 먹을 때가 제일 힘들었다. 선배의 젓가락이 닿았던 음식을 도저히 먹을 수 없었다.

　총학생회 회의를 하던 도중 김 선배가 갑자기 내게 다가와 입을 크게 벌렸다. 내 어깨를 누르고 자신을 똑바로 보라고 했다. 거무스름한 작은 치아를 본 순간 이가 간지러워서 혀로 앞니를 훑었다. "내 이빨이 더러워?" 상황을 모면하고 싶은 마음에 반사적으로 고개를 저었다. "유전이야. 양치질을 안 해서, 더러워서 충치 많은 거 아니라고. 내 이빨에 관심 끊어." 나는 입술을 꾹 다물고 고개를 끄덕였다. 관심은커녕 외면하고 싶은 것이 김 선배의 치아였다. 창피하고 억울해서 회의 내내 김 선배를 응시했다. 눈물이 나서 입안 말랑한 살을 피가 나도록 깨물었다. 내가 김 선배에게 모욕당한 건지, 내가 김 선배를 모욕한 건지 구별이 되질 않았다.

　그날 이후 나는 총학생회에 얼씬도 하지 않았다. 어느 날, 김 선배가 강의실로 나를 찾아왔다. 전공 필수 수업이었는데도 김 선배를 따라 나갔다. 사과하려나, 내심 기대했는데 김 선배는 생리대 있냐고 물었다. 기가 찼지만 치사하게 생리대를 안 줄 순 없었다. "너 왜 학생회 안 나와?" 김 선배가 물었다. 너무 당연한 걸 물어서 대답할 수 없었다. "나와." 김 선배는 아르바이트 간다면서 대답도 듣지 않고 뛰어갔다. 사과는커녕 또 생리대를 삥 뜯겼는데 나는 총학생회에 다시 나가야 하나 고민했다. 고민만 하다가 여름 방학이 되었다.

여름 방학이 지나고 김 선배는 피골이 상접한 모습으로 학교에 나타났다. 넘어져서 앞니가 깨졌는데 신경이 손상됐는지 씹질 못했다. 연희가 자신의 아버지 치과에 가자고 했다. 치료비는 걱정하지 않아도 된다는 말에 김 선배는 치과 치료는 가족이 책임져야 할 영역이라며 연희의 제안을 거절했다. 연희는 김 선배의 자존심을 건드린 것 같다며 울었다. 연희의 하소연을 들으며 호의를 거절하는 김 선배의 마음을 상상했다. 생리대는 아무렇지도 않게 삥 뜯으면서 무료 치과 치료는 거부하는 김 선배는 내 이해의 영역을 넘어선 사람이었다.

*

등록금 인상 반대 투쟁 분위기가 묘하게 돌아가는 게 보였다. 집행부가 삭발을 약속한 신입생 두 명을 잡

아 왔다. 신입생들은 죄인처럼 고개를 푹 숙이고 있었
고 집행부원들은 양아치처럼 신입생들의 어깨에 손을
얹고 회유와 협박 중이다. 그 중심에 김 선배가 있다. 나
는 연희가 사 온 식염수로 눈을 씻으며 총학생회의 짓
거리를 비웃었다.

"괜찮아? 미안해. 선크림이 눈에 들어갈 줄은 몰랐
어. 조금만 참아, 신입들 왔어."

"쟤들 삭발 안 할 거 같은데?"

"선주 언니가 알아서 하겠지."

연희가 김 선배를 선주 언니라고 부를 때마다 울화
가 치민다. 김 선배는 사람을 이용하는 거라고, 천진난
만한 너를 이용하는 거라고 아무리 설명해도 연희는
내가 김 선배를 몰라서 그런다고, 가난에 당당하고 약
속은 꼭 지키는 사람이라고, 존경할 점이 많다며 외려
다시 총학생회에 들어오라고 나를 회유했다.

"아직도 쓰라려? 아이, 어떡해. 미안해서. 조금만 참
아. 한 명만 잡으면 돼. 도대체 어디 숨은 거지?"

"집에 숨어 있나 보지."

연희가 어이없다는 듯 웃었다.

"선주 언니가 어떤 사람인데. 다 기숙사 애들이야.

튀어 봐야 벼룩이지.”

연희의 예상과는 달리 김 선배는 벼룩을 잡지 못했다. 김 선배는 빈 의자에 누군가를 꼭 앉히고 말겠다며 마이크를 잡았다.

“존경하고 사랑하는 학우 여러분. 절박한 심정으로 우리는 이 자리에 모였습니다. 상아탑을 무너뜨리고 돈 탑을 세우는 이사장에게 대항합시다. 우리는 삭발밖에 할 수 있는 게 없습니다. 삭발로 의지를 보여 줍시다. 동의하시는 학우님들은 단상에 올라와 주십시오. 상아탑을 지켜 주십시오.”

아무도 삭발에 자원하지 않았다. 나는 도망친 신입을 응원했다. 잡히지 마라, 김 선배의 손아귀에서 벗어나라.

“존경하는 학우 여러분, 지원하실 분 안 계십니까! 빈 의자를 채워 주십시오!”

김 선배가 악어의 눈물을 흘리며 무릎을 꿇었다. 풍물대가 자지러지게 꽹과리와 북을 울려댔다. 고막이 터질 것 같았다. 땀을 뻘뻘 흘리며 지원자를 애타게 찾는 김 선배의 얼굴을 수건으로 닦아 주던 연희의 손이 위로 번쩍 올라갔다.

"김연희 학우가 삭발을 지원했습니다."

연희는 자기의 팔을 올린 김 선배를 어리둥절 바라보았다. 김 선배의 시선은 운동장에 고정되어 있었다. 운동장에 있던 학생들과 운동장을 바라보던 학생들이 손뼉 치며 환호성을 질렀다.

김연희! 김연희! 김연희! 김연희!

미쳤다. 학교 전체가 연희의 이름을 불렀다. 김 선배는 연희를 빈 의자에 앉히고 어깨를 눌렀다. 연희는 고개를 저으며 웅얼거렸다. 김 선배의 손에 들린 마이크를 통해 연희의 목소리가 흘러나왔다.

"……안 돼. 싫어."

김 선배가 혀로 입술을 축이며 몸을 운동장으로 돌렸다.

"김연희 학우님이 등록금 인상은 안 된다고, 싫다고 울며 호소하고 있습니다. 여러분 삭발에 참여한 김연희 학우와 서진영 학우, 강수진 학우에게 응원을 보내 주십시오!"

이번엔 진짜 학교가 떠나가게 함성이 울렸다. 김 선배가 바리캉에 마이크를 댔다. 바리캉의 진동음이 스피커의 잡음과 섞여 괴기스럽게 퍼졌다. 김 선배는 제일 먼저 연희의 머리에 바리캉을 댔다. 연희는 울지도 도망치지도 못했다. 연희의 머리를 민 김 선배는 공포에 질린 신입의 어깨를 꾹 눌렀다. 두 손으로 얼굴을 가린 신입이 고개를 흔들었다. 김 선배가 신입의 팔을 억지로 내렸다. 움직이지 마. 다쳐. 땜빵 생기면 머리 안 난다고 협박했다. 협박이 먹혔다. 잔뜩 움츠러든 어깨, 떨리는 팔과 다리 위로 머리카락이 떨어졌다.

삭발식이 끝났다. 동그랗고 하얀 머리를 모자로 감추고 신입들은 어디론가 뛰어갔고 연희 혼자 단상에 앉아 땀을 뻘뻘 흘리고 있었다. 내 친구, 연희가 한낮의 열기에 갇혀 있었다. 어떻게 연희를, 내 친구 연희를……. 나는 오후 수업에 들어가는 김 선배의 팔을 잡았다.

"연희 머리 왜 밀었어요?"

"민다고 했으니까 밀었지."

"거짓말 좀 작작 하라고요. 언제 연희가 머리 민다고 했어요? 선배가 마음대로 연희 머리 민 거잖아요."

"내가? 어떻게 남의 머리를 마음대로 밀어. 그게 말이 돼?"

"연희가 싫다고 했잖아. 안 된다고 말했잖아. 근데

선배가 밀었잖아."

"내가 헐크야? 힘으로 억지로 밀었어? 약 먹였어? 누가 머리를 강제로 밀었다고 약을 팔아. 삭발이 싫었으면 그냥 일어나면 되는 거였어."

"그게 강제가 아니면 뭐야! 그렇게 의자를 채우고 싶었으면 선배가 삭발하면 됐잖아."

울고 싶지 않았는데 징징대고 싶지 않았는데 생각의 파편들이 모이지 않았다.

"뭐래, 나 내년에 졸업이야. 삭발하고 어떻게 면접을 다녀. 말이 되는 소릴 해야지."

"그럼 연희는?"

"니네가 내년에 졸업해? 내년에 취업하냐고. 그리고 너넨 걱정 없잖아. 부모 잘 만나서. 그리고 이게 어디서 선배한테. 내가 만만하냐?"

"부잣집 딸은 아무 생각도 없이 사는 줄 알아? 우리도 취업 걱정한다고. 우리도 안다고, 세상 만만하지 않은 거."

"그래서 뭐. 어쩌라고. 내가 부잣집 딸들 걱정까지 해 줘야 해? 진짜 어이가 없네."

김 선배는 오후 수업을 듣기 위해 운동장을 가로질

러 뛰어갔다.

*

김 선배의 만행을 세상에 알리리라, 트윗을 올렸다.
#생리대앵벌이 #강요된삭발 #죽인다 #폭력삭발 #가
스라이팅 #밤길조심, 을 본 4B전도사님에게 연락이 왔
다. 그는 학원 수업도 접고 달려왔다. 4B전도사님이 우
리를 만나러 온다고 했을 때 연희는 거절했다. 너무 피
곤하다며 집에 가겠다고 했다가 도저히 집에 들어갈
엄두가 안 난다며 나를 따라왔다.

"씹어 먹을 거야. 죽어서도 용서 못 해. 개또라이, 죽
여 버릴 거야. 희재야, 또 무슨 욕이 있지? 복수할 거야.
4B전도사님, 죄송해요. 제가 원래 욕쟁이는 아닌데. 지
난주에 머리했는데. 다음 주에 염색 예약 잡았는데 이
제 염색할 머리가 없어. 이게 뭐야."

연희가 통곡했다. 술집 안에 있는 사람들이 우릴 흘
끔흘끔 쳐다보다가 이젠 대놓고 보고 있다. 쥐구멍이
필요하다.

"총학생회장이면 당연히 자기가 삭발해야지. 그냥

도망치지 그랬어요?"

4B 전도사님이 냅킨을 뽑아 연희의 눈물을 닦아 주며 물었다.

"거기서 어떻게 도망쳐요. 방학 내내 준비한 투쟁인데…… 그걸 어떻게 망쳐요."

"연희 씨는 정말 책임감이 강한 사람이네요. 본받고 싶은 사람이에요. 이 사회에 꼭 필요한 사람이 연희씨 같은 분들이에요. 그런데 연희 씨, 계급도 물론 중요하죠. 하지만 젠더는 근원적인 불평등이죠."

4B 전도사님의 말이 이어졌다. 그는 '여성만세'를 전파하는 세례 요한이다. 무지한 여성들이 받는 차별이 무엇인지 알리고 눈뜨게 도와주는 사람. 오늘 연희는 머리카락을 잃었으나 사회 정의에 눈뜰 것이다. 새로운 동지가 탄생하는 날이라 그런지 술이 달았다. 2차, 3차까지 술을 마시고 노래방으로 자리를 옮기던 중 4B 전도사님이 내가 쓰고 있던 모자를 내던졌다.

"젠더포비아님은 신념을 위해 삭발했으니 당당해야죠. 그게 걸 크러시지."

연희가 나도, 나도 걸 크러시 할래, 하며 모자를 던졌다. 4B 전도사님이 우리 연희 씨는 이용당한 거니까 걸 크러시 아니에요, 말하고 연희에게 모자를 씌워 주었다. 우리 셋은 어깨동무하고 웃었다. 울어도 시원치 않았는데 웃음이 났다. 남들이 보면 탈속한 비구니들이 미쳤구나, 할 거 같았다. 4B전도사님이 전봇대를 가리켰다. 전봇대 뒤에 있는 벽에 빨간 가위 그림과 '오줌 싸지 마라, 잘라 버린다!'라는 문구가 붙어 있었다. 나와 4B전도사님은 서로를 바라보며 동시에 우린 자를 게 없다고 외쳤다. 빨간 가위 그림 아래서 우리는 오줌을 눴다. 연희가 미쳤어, 미쳤어, 하며 망을 봤다. 오줌 누는 소리가 들렸다. 길바닥에서, 서로의 얼굴을 보면서 소변을 보는 건 처음이었다. 기분이 묘했다. 미쳤군, 취했군, 까짓 남자들이 하는 짓. 술 깨면 이불킥을 하겠지만 지금, 이 순간이 너무 좋았다. 우리 관계가 특별하게 느껴졌다. 나는 그에게 말개지고 싶었다.

"사실은요, 4B전도사님이 퍼포먼스에 참여하는 줄 알았어요. 그래서 나도 뭔가를 해야 하지 않나, 그렇게 생각했거든요."

"어머, 우리 젠더포비아님이 오해했구나. 마음 상했어요?"

4B전도사님이 내게 바싹 얼굴을 댔다. 웃는 얼굴이

해사했다.

"다음 주에 고조부 제사가 있는데 머리를 밀어 봐요. 시험이고 뭐고 절에 보낼지도 몰라요. 공시생 중에 고조할아버지 제사에 꼬박꼬박 참석해야 하는 사람은 나 하나뿐일걸요. 절도 못 하게 하면서. 진짜 어이없죠."

절도 못 하게 하면서 도대체 왜 제사에는 참석해야 하는지, 게다가 공시생을. 듣기만 해도 갑갑했다. 4B 전도사님은 삭발보단 상의 탈의가 적합한 거 같았다. 그런데 그는 왜 옷을 벗지 않았을까.

"헐, 뭐야. 4B 전도사님 상의 탈의한 거 아니었어요? 왜 안 했어요?"

연희의 팩트 공격에 4B 전도사님의 미소가 순식간에 사라졌다. 찰나의 정적. 진실은 움찔하는 순간에 있다.

"비밀! 우리 빨리 노래방 가요. 연희 씨는 어떤 노래 잘해요?"

4B 전도사님이 찰나의 정적을 깨며 환하게 웃었다. 연희의 뺨을 가볍게 꼬집으며 웃는 4B 전도사님의 얼굴은 여전히 예뻤다. 친절하고 다정한 사람, 타인의 아픔에 공감하며 같이 울어 주고 웃던 그가 갑자기 낯설

게 느껴졌다. 속이 울렁거렸다.

"희재야, 가자. 저 여자 뭐야. 어이없어. 비밀이래. 너 완전 여우한테 당한 거야."

연희가 내 팔을 잡아끌었다.

"젠더포비아님, 어디 가요? 취했어요? 속이 안 좋아요?"

속내를 들켰음에도 4B 전도사는 천진한 얼굴을 하고 우리 뒤를 따라왔다. 그의 말간 표정이 섬뜩했다.

"어머어머, 저 여자 왜 저래. 우리 쫓아와."

나는 연희도 뿌리치고 도망쳤다. 4B 전도사와 연희가 나를 부르는 소리가 뒤쫓아 왔다. 나는 뛰고 또 뛰었다. 심장이 터질 것 같았다. 속이 부글거렸다. 앞이 보이지 않았다. 어두운 거리가 물에 잠겼다. 모든 게 눈물 안에 갇혔다. 길바닥에 먹은 것을 게워냈다. 목이 타들어갔고 눈물과 콧물이 뚝뚝 떨어졌다. 토사물이 길바닥에 흥건했고 내 손바닥에도 엉겨 있었다. 휴지도 없고 물티슈도 없고 생수도 없고 편의점도 없고. 나는 오른손을 멀리 뻗고 무릎에 얼굴을 묻었다. 젠장, 쪼그리고 앉은 자세는 울기에 딱 좋았다.

"괜찮아?"

연희였다. 바닥의 토사물을 본 연희가 인상을 찡그리며 가방에서 물티슈를 꺼냈다. 나는 물티슈로 손바닥과 얼굴을 닦았다. 연희가 나를 끌어안고 등을 두드려 주었다. 쪽팔렸다.

"나 토할 거 같아."

연희가 내 등에서 손을 뗐다. 우리는 똥도 토사물도 더러워서 무서워하는 종족이었다.

"편의점에서 모자 파나? 남의 모자를 왜 지가 버리고 그래. 우리 내일 가발 맞추자. 내가 쏠게. 그만 울어."

똥멍청이라고 욕해도 할 말이 없었다. 나는 왜 모자를 사고 버리고, 사고 버렸나. 도대체 나는 김 선배한테 무엇을 증명하기 위해 머리를 밀었나. 김 선배의 아이덴티티는 가난이란 아이템으로 무장한 못된 년인데 왜 나는 못된 년한테 내 진심을 보여 주고 싶어 안달하는지 이해되지 않았다.

4B전도사에게서 DM이 왔다. 우리 내일 만나서 이야기해요. 단단히 오해하신 것 같아서 제 마음이 너무 아프네요. 굿밤. #오해금지 #찐걸크러시 #찐페미 #강요는폭력.

나는 4B전도사를 차단했다. 바이오만 남긴 채 그의

모든 트윗이 가려졌다.

부드러운 혀를 아이템으로 장착하고 사람을 현혹하는 당신의 아이덴티티는 세뇌에 능한 사이비 교주. #머리칼내놔 #모자내놔 #가스라이팅혐오 #아이템폐기 #아이덴티티삭제.

글을 썼지만 4B전도사는 더는 내 트윗을 볼 수 없다.

차단을 해제할까요? @4B___4B_님이 내 트윗을 보거나 팔로우할 수 있습니다.

달콤한 혀로 날 무장 해제시키고 머저리로 만든 사람을 다시는 보고 싶지 않았다. 하지만 내가 얼마나 상처받았는지, 4B전도사는 자신이 얼마나 악질인지 알아야 했다. 나는 차단을 해제했다. 4B전도사의 트윗들이 다시 나타났다.

한낮의 열기

변수가 생겼다. 3박 5일 골프 여행에 필요한 골프웨어 수가 예상을 웃돌았다. 태국은 볼거리가 많아서 나와 경숙 언니는 당연히 하루 정도는 관광할 거로 생각했는데 김미효와 연경 언니는 아니었다. 하루에 두 번 공을 치면 필요한 골프복은 아홉 벌. 마지막 날엔 새벽 라운딩만 가능하다. 나는 호텔 세탁 서비스를 이용할 계획이었는데 김미효와 연경 언니는 골프 여행을 위해 골프웨어를 새로 샀다.

뜨거운 아메리카노를 한 모금 마시고 핸드폰 메모장에 골프웨어 다섯 벌, 모자랑 삭스도 함께 살 것이라고 썼다. 파이를 먹으려고 했는데 김미효가 아직도 음료와 펌킨파이 사진을 찍고 있었다. 파이값은 연경 언니가 냈는데 김미효가 파이를 전세 내고 있었다.

"인제 그만 찍고 먹자."

경숙 언니가 한마디 하자 김미효가 설핏 웃으며 핸드폰 카메라 앱을 껐다. 나는 포크로 파이를 잘라서 입에 넣었다. 들큼해서 아메리카노로 입가심했다. 생각해 보니 모자랑 삭스는 번갈아 입어도 괜찮을 거 같았다. 시간은 충분했다. 돈이 부족해서 그렇지. '골프'라는 단어만 붙으면 뭐든 비쌌다. 속사정을 모르는 남들은 내게 남편이 억대 연봉을 받아서 부럽다고 말한다. 지겨운 인간이 아이가 대학에 진학한 후로 생활비를 확 줄였다. 중고로 팔 만한 것들이 무엇이 있나, 머릿속으로 옷장을 스캔할 때 핸드폰이 울렸다. '슬기로운 소비생활' 카페 알람이었다. 르본바디코리아 공식 홈페이지에서 한국 론칭 1주년 기념으로 바디 스크럽 원플러스 원 행사를 오늘 오후 1시에 시작한다는 내용이었다.

나는 일행에게 눈짓하고 화장실에 갔다. 행사는 한 아이디당 다섯 세트 한정 구매였다. 행사 가격이 직구 가격보다 좋았다. 변기에 앉아 르본바디코리아에 회원 가입하고 다섯 세트를 구매했다. 르본 바디 스크럽은 중고나라나 당근마켓 뷰티에서 인기 1순위다. 쓰다가 질려서 중고로 팔아도 손해는커녕 내가 산 가격보다 만 원을 더 붙여도 팔릴 만큼 행사 가격이 저렴했다. 순간 바디 스크럽을 많이 사서 이문을 붙여 팔아도 괜찮겠다는 생각이 들었다. 딸과 남편의 계정도 만들어서 총 열다섯 세트를 구매하고 자리로 돌아갔다.

"뭐야, 왜 이렇게 오래 걸렸어. 자기 변비 있어?"

경숙 언니가 웃으며 물었다. 그녀는 아무렇지도 않

게 사람 무안한 말을 하곤 했다. 어떤 악의나 저의가 없는 말임을 알기까진 시간이 꽤 걸렸다. 경숙 언니는 딸의 유치원 친구의 엄마다. 아이들이 다섯 살 때 만났는데 올해 스무 살이 되었다.

"중요한 전화가 와서요. 죄송해요."

"자기한테 중요한 게 뭐…… 아, 등하원 도우미 그것 때문에 그래?"

나는 경숙 언니의 허벅지를 살짝 눌렀다. 올해 3월부터 등하원 도우미 일을 시작했다. 김미효나 연경 언니에게는 내가 등하원 도우미를 하고 있다는 걸 말하지 않고 있었다.

"우리 셋은 10월 첫째 주가 괜찮은데 자기는 어때?"

연경 언니가 커피를 홀짝이며 물었다. 그녀는 커피를 홀짝, 홀짝, 홀짝 마신다. 컵을 아랫입술에 대고 손목만 가볍게 움직여서 한 모금 홀짝, 또 한 모금 홀짝, 홀짝. 연거푸 세 번 홀짝거리고 잔을 내려놓았다. 처음엔 뜨거워서 홀짝거리는 건가 싶었는데 커피가 식었을 때도 똑같았다. 기미 상궁도 아니고 좀 웃겼다.

"저도 10월 첫째 주 괜찮아요."

"고용주한테 먼저 물어봐야 하는 거 아니야?"

연경 언니가 물었다. 경숙 언니가 그새 내가 등하원 도우미를 하고 있다는 것을 말한 모양이었다.

"가을쯤 여행 갈 거라고 미리 말해 놨어요."

"오케이! 날짜는 10월 첫째 주 확정. 이제 골프장 정하면 되겠네. 자기 없을 때 우리 골프장 셀렉하고 있었어. 벌킨은 가성비가 좋은 게 장점이자 단점이야. 가성비가 좋으니까 개나 소나 난리야. 작년에 갔다가 깜짝놀랐잖아. 그때 사람 너무 많았어. 시끄러워서 귀가 떨어질 거 같더라. 그치?"

연경 언니가 김미효를 바라보며 코를 찡긋했으나 김미효는 핸드폰에서 시선을 떼지 않는다. 아마도 자신의 인스타에 달린 하트의 수와 댓글을 보고 있을 것이다. 그녀는 하루에도 몇 번씩 인스타에 일상을 올린다. 앙상블 연주, 쇼핑, 음식, 가방, 신발, 옷을 업로드한다. 오늘 팔이피플에 합류해도 이상할 게 없을 만큼의 팔로워를 가지고 있다.

"제이팍이 딱인데. 가격이 쎄서 좀 그런가?"

연경 언니가 나와 경숙 언니를 쳐다보며 말끝을 흐렸다. 김미효의 남편은 안과 의사고, 연경 언니는 김미효의 남편이 개원한 병원의 건물주다. 월급쟁이 남편을 둔 경숙 언니나 나와는 경제적 레벨이 다르다. 그럼에도 우리가 한 팀이 되어 공을 치는 건 연경 언니와 경숙 언니가 고등학교 동창이기 때문이다. 넷의 공통점은 같은 피트니스에 다니는 것 외엔 없었다.

우리 동네에 메이휴 피트니스가 생긴다는 소식에 나와 경숙 언니는 흥분했다. 기본 회원권이 150만 원부터 시작하는 메이휴는 부자 동네에만 있는 피트니스였다. 운동 기구가 최신식이고 GX 프로그램이 다양했다. 특히 골프 시설이 좋았다. 스크린 골프와 인도어 연습장, 둘 다 갖추고 있었고 연계된 골프CC가 있어서 저렴한 가격으로 라운딩할 수 있었다.

우리는 12월 1일, 새벽 4시부터 줄을 서서 오픈 특가로 피트니스 회원권을 구매했다. 회원권을 구매하려고 줄을 선 우리 모습이 뉴스에 나오기도 했다. 세일은 플래티넘 회원권을 제외한 모든 회원권의 50퍼센트 할인이었다. 우리는 인도어 골프장을 주 2회, 골프CC를 1년에 한 번 이용할 수 있는 골드 회원권을 끊었다. 프리미엄 회원권은 골드보다 30만 원이 더 비쌌는데 인도어 골프 연습장을 주 3회, 골프CC를 1년에 두 번 이용할 수 있어 가성비가 좋은 상품이었다. 아쉽게도 프리미엄 회원권 특판은 우리 앞에서 매진됐다.

오픈 특가로 회원이 된 사람과 그렇지 않은 사람은 한눈에 봐도 차이가 났다. 정가에 회원권을 구매한 여자들은 센터에서 제공하는 운동복을 입지 않았다. 골프 연습장에서도 비슷했다. 무료로 제공하는 운동복을 입고 공을 치는 사람은 별로 없었지만 정가에 회원권을 구매한 사람들은 뭔가 때깔이 달랐다. 그중에서도 단연 눈에 띄는 사람이 김미효였다. 그녀를 소개받기 전에 난 이미 김미효를 알고 있었다. 김미효를 처음 본 곳은 인도어 연습장이었다. 그녀는 몸에 딱 달라붙는 이끼색 바지에 붉은빛이 도는 보라색 셔츠, 코발트색 모자를 쓰고 개인 레슨을 받고 있었다. 길게 늘어지는 귀걸이에 풀 메이크업을 하고 공을 치는 사람은 김미효뿐이었다.

경숙 언니를 통해 연경 언니를 알았고 연경 언니를 통해 김미효를 알게 됐다. 처음 만난 날, 김미효는 우리를 보며 하얀 치아를 드러내며 웃었다. TV에서 우리를 봤다며, 몇 시부터 줄을 섰느냐고 물었다. 뉴스에 우리 모습이 나간 건 1분도 되지 않는 시간이었다. 모자를 뒤집어쓰고 목도리로 얼굴의 반을 친친 감았는데도 김미효는 나와 경숙 언니를 알아봤다. 안 추웠느냐고, 열정이 대단하다고 했다. 자기는 뭐든 심드렁하다고, 열정 있는 사람이 부럽다고 했다.

"제이팍은 감성이 있어. 모던함 속에 아날로그 감성을 절묘하게 한 스푼 딱. 그런 게 되게 힘든 거거든. 제이팍 좋아하는 사람들은 클라스가 달라. 제이팍에 오는 중국 사람들은 조용조용해. 교양 있어. 달라."

"클라스, 감성. 감성이 뭔데?"

경숙 언니가 피식 웃으며 물었다.

"분위기."

"분위기? 분위기가 뭔데?"

"음…… 커피 한잔의 여유 같은 거?"

"허세?"

경숙 언니와 연경 언니의 대화에 가슴이 조마조마했다. 경숙 언니는 그래, 너 돈 많다, 하고 넘어가도 되는 말을 꼭 짚었다.

"야, 말을 해도. 허세가 뭐야. 달려가는 삶이 아니라 쉼표지, 쉼표. 삶의 쉼표."

삶의 쉼표는 1.7배나 비쌌다. 아날로그 감성 한 스

푼에 돈을 왜 1.7배나 써야 하는지 이해할 수 없었다. 내가 보기엔 연경 언니가 제이팍을 원하는 건 가격이 비싸기 때문인 거 같았다. 가격이 합리적이라서 사람이 많은 벌킨이냐, 터무니없이 비싼 가격이지만 부자 중국인만 가는 제이팍이냐, 그것이 문제였다.

연경 언니가 중국인에 대한 혐오를 적나라하게 드러낼 때마다 나는 속으로 웃었다. 연경 언니는 진짜 샤넬 가방과 미러급 중국산 이미테이션 샤넬을 섞어 들었다. 그 사실을 알게 된 것은 김미효 때문이었다. 백화점 오픈 런을 해야만 구매할 수 있는, 리셀러들이 프리미엄을 백만 원 넘게 붙여 파는 샤넬 신상 가방을 연경 언니가 들고나왔다.

김미효의 눈동자는 맑은 갈색이다. 투명해 보이기까지 한 갈색 눈동자와 시선이 마주치면 뭔가를 이야기해야만 할 것 같은 압박감이 든다. 나는 횡설수설, 하지 않아도 될 말들을 쏟아내곤 했다. 집에 돌아오면 정신이 번쩍 들었다. 김미효가 뭐라고 내가 안절부절못하는지 이해할 수 없었는데 나뿐만이 아니었다. 연경 언니도 그랬다. 김미효가 신상 샤넬을 빤히 쳐다보자 연경 언니는 멋쩍게 웃으며 이실직고했다. "진짜랑 똑같지?"김미효가 설풋 웃고는 다시 핸드폰을 했다. 연경 언니는 진짜와 이미테이션을 적당히 섞어 드는데 남들은 다 진짜인 줄 안다면서 미러급 중국산 이미테이션 명품을 파는 밴드에 나를 초대했다.

"가성비냐 감성비냐. 이게 문제네요."

내 말에 김미효가 고개를 들었다. 눈썹을 살짝 올리며 나를 빤히 쳐다보는 김미효. 너한테 감성을 즐길 비용이 있어? 그녀의 비웃는 목소리가 들리는 것 같았다. 우리가 처음으로 필드에 나간 날, 내가 입고 있던 명품 골프웨어가 몇 시즌이 지난 옷임을 그녀는 단박에 알아챘다. 중고로 옷을 구매한 것이, 몇 시즌이나 지난 옷을 입었다는 사실이 창피한 일이 아닌데도 쥐구멍에라도 숨고 싶었다. 김미효와 눈이 마주치면 그때의 감정이 되살아난다. 샷을 치려고 준비 자세를 취할 때 나는 김미효의 시선을 느낀다. 그녀를 의식하는 순간 몸에 힘이 들어간다. 드라이버를 휘두르면서 이게 아닌데, 이건 정말 아닌데, 엉뚱한 방향으로 날아가는 공을 바라보면 화딱지가 났다. 내가 왜 김미효와 함께 공을 치는 건가. 판단 미스였다.

그녀들과 라운딩 팀을 결성했을 땐 이게 웬 떡인가

싶었다. 플래티넘 회원만을 위한 서비스를 나와 경숙 언니까지 누릴 수 있었다. 고마운 마음은 잠시였고 자꾸 빚지는 느낌이 들었다.

그늘집에서 밥을 사려고 하면 김미효는 오랫동안 같이 활동한 앙상블 팀보다 우리랑 공을 치는 것이 마음이 더 편하다고 하면서 사양했다. 처음엔 골프 실력이 우리와 비슷해서 편하게 느끼는 줄 알았다. (김미효는 개인 레슨을 받는데도 골프 실력이 좋지 않았다. 비거리가 유독 짧았기 때문이다.) 김미효는 대기 중에 빈 스윙을 자주 했다. 캐디가 싫은 티를 내고 눈치를 주는데도 아랑곳하지 않았다. 참다못한 경숙 언니가 빈 스윙 좀 그만하라고, 어깨 빠지겠다고 하면 김미효는 까르르 웃으며 네, 했지만 빈 스윙은 여전했다. 그녀는 직설적인 경숙 언니가 재밌고, 조심스럽게 행동하는 내가 편하다고 말했다. 그녀의 말이 가슴에 얹혔다. 나는 김미효가 전혀 편하지 않았고, 그녀에게 편한 사람이 되고 싶지도 않았다.

팀을 깨는 게 맞았다. 문제는 명분이다. 허리가 아프거나 다른 지역으로 이사 가는 등의 명분이 없으면 사람들의 입방아에 오르내린다. 라운딩 횟수를 줄이고 새로 만들어지는 팀에 들어가는 것이 제일 적당한데, 생각보다 쉽지 않다. 성격, 경제적 상황, 골프 실력, 회원권의 종류 등이 맞아야 한다. 프리미엄 회원권을 놓친 것이 아쉬웠다. 새벽 3시에 줄을 섰어야 했다.

"저는 가성비든 감성비든 상관없어요. 앙상블 연습이 있어서 먼저 갈게요."

김미효가 자리에서 일어났다. 미스코리아처럼 무릎을 살짝 굽혀 인사를 한 후 카페를 나갔다. 나는 혀 위에 쌍욕을 올려놓고 꾹 눌렀다.

*

새벽 2시, 문자가 왔다. 중고 거래 사이트에 매물로 내놓았던 플리츠 원피스를 구매하고 싶다는 문자였다. 구매자는 영상 통화를 원했다. 인증 사진을 원하는 만큼 찍어 주겠다고 했는데도 구매자는 영상 통화를 고집했다. 목마른 사람이 우물을 판다고 모자와 마스크를 쓰고 구매자와 영상 통화를 했다. 구매자도 스카프로 얼굴을 돌돌 만 상태였다. 구매자는 상태가 좋다며 계좌 번호를 달라고 했다. 구매자의 입금을 기다리며 자주 가는 패션 카페에 르본 바디 스크럽 행사 정보를 올렸다. 바로 댓글이 달렸다. 구매 인증 사진도 올라왔다. 내가 작성한 글에 댓글이나 구매 인증 사진이 달리면 보람을 느꼈다. 마치 내가 중요한 사람이 된 것 같았다.

새벽 2시에 영상 통화까지 요구한 구매자는 계좌 번호만 받고 입금은 하지 않았다. 여러 번 입금 재촉 문자를 보냈는데도 구매자는 묵묵부답이다. 중고 거래에서 계좌 먹튀는 빈번하다. 계좌 먹튀를 당하면 기분 나쁜 것보다 내 계좌 번호가 어딘가에서 도용되는 건 아닌가 싶어 불안함이 더 크다. 다행히 지금까지 내 계좌가 범죄에 이용되었다는 연락을 받지는 않았다. 다시 잠자리에 들었지만 잠이 오지 않았다. 팔 만한 것이 없나 옷 방을 뒤졌다. 팔 만한 옷들은 진즉에 다 팔아서 안 팔리는 것들만 남았다. 유명한 브랜드 제품, 고가의 하이브랜드 제품은 불티나게 팔린다. 로스라고 불리는 카피 제품도 팔리는데 보세는 징글징글하게 안 팔렸다.

명품 가방이 팔기는 제일 편하다. 미러급 이미테이션도 제법 잘 팔린다. 나는 주로 중급 브랜드 가방을 메서 명품 가방은 두 개뿐이고 이미테이션은 없다. 이미테이션을 사지 않는 건 내 마지막 자존심이다. 가짜를 진짜처럼 보이려고 노력하는 것은 타인과 자신을 속이는 일이다. 입고, 메고, 신는 모든 게 이미테이션이면 그 사람은 가짜 인생을 사는 것이다. 중고는 적어도 가짜 인생은 아니다. 백화점에서 명품을 구매하는 것과 중고로 구매하는 것은 감성비와 가성비의 차이일 뿐이다. 돈 쓰는 재미와 대접받는 기분, 크고 화려한 포장과 언박싱의 즐거움을 백화점에 지불하는 대신 중고 거래는 정 가품 여부를 불안해하며 시리얼 넘버와 인보이스를 확인하고 가방의 가죽 상태를 꼼꼼하게 검수해야 한다. 무엇을 선택하든 가짜 인생은 아니다.

괜찮은 골프웨어를 장만하려면 뭔가를 팔아야만 한다. 남편에게 받은 가방과 결혼 예물로 받은 가방을 꺼냈다. 아이가 대학에 합격한 다음 날, 남편은 수고했다며 내게 명품 가방을 선물했다. 중고로 명품 가방을 구매한 적은 있어도 백화점에서 산 것은 결혼할 때 예물로 받은 가방 이후 처음이었다. 남편에게 받은 가방을 가격이 좋을 때 팔아야 하나, 잠시 고민했다. 남편에게 받은 가방을 팔면 메고 다닐 만한 명품 가방이 없다.

예물로 받은 가방은 쳐다보기도 싫었다. 내가 이렇게 될 줄은 꿈에도 몰랐다.

나는 대학 4학년 때 임신했다. 진짜 낳을 건 아니지? 절대 아이를 낳아선 안 된다며 엄마는 나를 산부인과에 데리고 갔다. 나는 생명을 포기하지 않고도 잘해 낼 자신이 있었다. 엄마를 패대기치고 도망쳤다. 산부인과 로비에 주저앉아 어린아이처럼 울던 엄마를 향해 나는 다르다고, 잘할 수 있다고, 호언장담했다. 삶은 노력하는 자의 것. 그때 나는 노력하면 원하는 것을 다 이룰 줄 알았다.

토익 점수도 학점도 자격증도 인턴십 활동도 내가 남편보다 월등했는데 남편은 면접마다 합격했고 나는 번번이 떨어졌다. 남편과 나는 아이가 있는 유부남, 유부녀. 면접관들은 유부남의 직장 생활에 대해선 일말의 걱정도 하지 않으면서 유부녀의 직장 생활에 대해선 오만 가지를 걱정했다. 아이가 아프면? 사고가 나면? 야근은 가능한가? 정답은 친정 엄마. 면접관이 고개를 끄덕였다. 그게 다였다. 나는 졸업도, 취업도 못 하고 전업주부가 됐다. 친구들이 하이힐을 신고 출근할 때 나는 목이 늘어난 면 티셔츠를 입고 이유식을 만들었고, 회식은 왜 하는지 모르겠다고 친구들이 투덜대며 술을 마실 때 나는 잠투정이 심한 아기를 업고 동네를 돌았다.

친구들이 서른쯤에 결혼하기 시작했다. 간만에 친구들을 본다는 생각에 나는 한껏 들떴다. 다행히 결혼 전에 입었던 옷이 잘 맞았다. 공들여 화장하고 예물로 받은 루이비통 가방을 메고 하이힐을 신었다. 친구들은 내게 하나도 변하지 않았다고, 대학 때 그대로라며 신기해했다.

"어머, 복조리네! 이 가방, 얼마 만이냐."

친구가 내 가방을 보며 탄성을 내질렀다.

"명품은 유행 없다고 누가 그랬지? 내가 순진해서 그 말을 철석같이 믿었잖아. 아끼다가 똥 된다고, 첫 월급으로 샀는데 얼마 들지도 못하고 유행이 갔어. 루이비똥이 진짜 똥 됐어."

친구들은 옷장 속에 잠자는 각자의 복조리 백을 떠올리며 웃었다. 복조리 백은 한때 5초 백이라고 불렸다. 거리를 지나가면 5초마다 같은 가방을 볼 수 있을 만큼 유행이었다.

"나는 너무 끝물에 샀어. 아까워. 유행이 다시 올까?"

"유행이 20년마다 돌아온다니까 12년이나 기다려야 하네. 우리 똥들 진짜 불쌍하다. 12년은 더 옷장 속에 있어야 하잖아."

하나도 변하지 않은, 대학생 때 '그대로'라는 말이 내가 생각했던 의미가 아니었다. 친구들은 현재를 사는데 나 혼자만 과거에 머물러 있었다.

"유행이 무슨 상관이야? 유행 만드는 게 다 상술이지. 간만에 복조리 보니까 신선하네. 이거 진짜지? 역시 명품은 달라."

대학에 다닐 땐 전혀 친하지 않았던 동기가 내 가방을 쓰다듬으며 말했다. 친구들이 어색하게 웃으며 화제를 돌렸다. 취업하면 끝날 줄 알았던 공부가 끝이 없다는 주제였다. 친구들은 끊임없이 승진 시험이 기다리고 있다며 앓는 소리 했다. 최저 시급은커녕 휴무도 휴가도 없는 내 삶과는 괴리가 컸다. 나는 아이를 핑계 대고 피로연에 참석하지 않았다. 유행이 지나 아무도 들지 않는 명품 가방을 치맛자락으로 숨기며 집으로 돌아왔다. 그날 이후 복조리 가방을 옷장에 처박아 두고 한 번도 꺼내지 않았다.

친구들의 말대로 유행이 다시 돌아왔다. 스타일은

비슷했는데 20년 전과는 사뭇 달랐다. 남편에게 받은 가방은 팔지 않기로 했다. 혹시 하는 마음으로 복조리 가방의 가격을 더 낮춰서 판매 글을 올리고 '슬기로운 소비생활'에 들어갔다. 내가 올린 르본 바디 스크럽 세일 정보 글에 댓글이 20개나 달렸다. 고맙다, 좋은 가격에 샀다는 댓글 가운데 포털 사이트를 경유해 SU몰에서 바디 스크럽을 사면 5퍼센트 할인 쿠폰을 받을 수 있다는 글이 있었다. 눈이 번쩍 떠졌다. 나는 곧바로 주문을 취소하고 포털 사이트를 통해 SU몰에서 바디 스크럽을 다시 구매했다. 딸과 남편의 계정으로 한 주문도 취소하고 새로 주문을 넣었다. 여러 인증 절차가 까다로웠다. 슬기로운 소비자라면 마땅히 감내해야 할 수고로움이었다.

*

평일 아침, 내 일과는 단순하다. 새벽에 일어나 아침을 차려 주고 운동 가방을 챙겨 등원 도우미를 하러 간다. 등하원 도우미 일은 간단하다. 아이에게 유기농 그래놀라를 먹이고 책가방을 챙겨 학교에 데려다주면 끝이다. 아이에게 입힐 깨끗한 옷을 고르는 게 제일 신경이 쓰인다. 목과 소매가 멀쩡한 옷이 거의 없었다. 옷을 얻어다 입히는 것 같았다. 아이의 부모는 대기업에 다닌다. 둘이 합치면 연봉이 꽤 되는데도 옷차림은 지나치게 수수했고 제대로 된 살림살이가 없었다. 그들은 유기농 식품과 여행에 돈을 썼다. 1년에 서너 번씩 해외여행을 갔다. 여행도 좋지만, 질 좋은 옷과 살림살이에 돈을 쓰는 건 품위를 유지하는 것인데 그들은 그걸 몰랐다. 유행이 살짝 지나거나 질린 물건은 중고 거래를 통해 돈이 되어 돌아오는데 여행은 사진만 남는다. 아이에게 신발을 신길 때 중고 사이트 알림이 떴다. 노 세일 브랜드 골프웨어 판매 글이었다. 나는 곧바로 판매 글을 눌렀다.

"이모, 뭐 해요? 나 학교 가야 하는데 왜 핸드폰 해요?"

아이가 세모나게 눈을 뜨고 날 질책했다.

"중요한 문자가 와서 잠깐만."

나는 몸을 돌려 판매 글을 확인했다. 지난 시즌, 미착장 골프웨어를 20퍼센트 할인한 가격으로 판매하고 있었다. 브랜드와 시즌은 좋은데 가격이 별로였다.

"근무 중에 핸드폰 하면 안 되는데."

아이가 신발을 신으며 말했다. 아이는 근무라는 단어를 정확히 알고 있었다. 처음엔 아홉 살이 어떻게 저런 말을 알고 있나 싶어서 깜짝 놀랐다. 아이의 부모가 내게 하는 말을 돌이켜 보면 그리 놀랄 일도 아니었다. 내가 잠깐잠깐 핸드폰을 들여다보면 아이는 근태가 중요하다고 지적한다. 아이의 지적이 싫지 않다. 내가 직장에 다니고 있다는 느낌이 들었다.

"그래서 엄마한테 이르려고?"

아이가 눈을 깜박였다.

"이번 한 번만 봐줄게요. 엄마가 그랬는데 근무 중에 자꾸 전화하면 짤린대요. 이모가 짤리면 거지가 되니까…… 이모가 거지 되는 거 싫어요."

베이비시터가 자주 바뀌는 것 때문에 아이는 한동안 틱 장애를 앓았다고 했다. 오래오래 함께 있어 달라고 아이 엄마가 부탁했다. 등하원 도우미는 아이를 다 키우고 난 여자들이 선호하는 아르바이트다. 시간은 남아돌고, 몸 쓰는 일은 부담스러운 여자들이 쉬엄쉬엄 할 수 있는 일은 경쟁이 치열했다. 면접을 두 번이나 보고 합격 문자를 받았을 땐 딸이 대학에 합격했다는

소식을 들었을 때만큼 기뻤다. 4대 보험은커녕 오늘 당
장 해고되어도 하소연할 곳 없는 파트타임이 내 첫 직
장이다. 나는 아이를 꼭 안아 주었다. 아이도 날 꼭 끌어
안았다. 오래오래, 아이에게 베이비시터가 필요 없을
때까지 일하고 싶었다.

아이를 학교에 보내고 피트니스에 갔다. 경숙 언니
가 나를 위해 반신욕기를 잡아 놓고 있었다.
"자기 어떻게 할 거야?"
"뭘요?"
"골프 여행. 자기는 제이팍 괜찮아?"
괜찮지 않았다. 입을 옷이 없었다. 우리는 라운딩
전후로 사진을 찍는다. 골프 여행에서 같은 옷을 입고
사진을 찍으면…… 생각만 해도 끔찍했다.
"하긴 자기 남편은 지점장이니까 우리보단 낫겠다.
난 제이팍은 부담스러워. 공무원 월급 뻔하잖아."
제이팍. 팀이 깨질 수 있는 이유다. 경숙 언니가 팀
을 깨려고 결심한 건가 싶었다. 같은 돈을 쓰면서도 회
원권 차이 때문에 우리가 을이 된 거 같다고 투덜대곤
했다.

"언니, 저 생활비 타서 쓰는 거 알면서 그래요. 연경 언니한테 솔직하게 말하세요."

"그러면 내가 판을 깨는 거 같잖아. 자기도 제이팍이 좋다고 하면 어쩌겠어. 따라가야지. 나 혼자 고집부릴 순 없지."

팀을 깨는 사람이 내가 될 것 같은 불길한 예감이 들었다.

"오늘 숙소 문제는 완전히 끝내자고 하던데 자기는 진짜 제이팍 괜찮아?"

나는 이어폰을 귀에 꽂고 당근마켓을 열었다. 제이팍이 부담스럽긴 한데 감당하기 어려운 수준은 아니다. 당근마켓에 괜찮은 브랜드 골프웨어가 저렴한 가격에 올라왔다. 판매자에게 채팅을 걸었다. 바로 답이 왔다. 저렴한 중고는 경쟁이 치열하다. 예약을 잡아도 빼앗기는 경우도 많았다. 거래를 위해 곧장 탈의실로 달려가 옷을 갈아입었다. 판매자의 주소를 확인하기 위해 당근마켓에 들어가 보니 그녀가 올린 골프웨어에 '좋아요'가 스무 개, 채팅이 다섯 개나 됐다.

골프웨어 판매자가 벤치에 앉아 나를 기다리고 있

었다. 판매자는 나와 체격이 비슷했다. 중고 거래가 처음이라는 판매자는 허리에 문제가 생겨서 더 이상 공을 칠 수 없다고, 옷을 한 번도 입지 못했다고 여러 번 강조했다. 남 주기엔 아까워서 당근마켓에 올렸는데 구매 채팅이 너무 많이 와서 놀랐다며 웃는 얼굴이 천진했다. 중고 거래의 재미에 빠진 표정이었다. 중고 거래는 진상이 많아서 피곤한 면이 있다. 그래도 거래가 성사되면 짜릿하다. 사냥의 심리랄까? 여럿이 한 상품을 향해 달려가도 구매자는 한 명이다. 구매까지 불안은 필수 요소다. 사기꾼이 지천으로 깔렸다. 판매자의 판매 이력과 사기 이력을 확인하고 실시간 인증 사진을 받는 것은 필수다. 필수 요소를 다 거쳤는데도 사기 당할 수도 있다. 난관을 다 거치고도 내가 받은 물건이 사진보다 상태가 현저히 좋지 않을 땐 환불해야 한다. 지난한 환불 과정을 거치면 다시는 중고 거래는 하지 말아야지 결심하지만, 중고 거래는 중독과 같다. 조금만 손가락 품을 팔면 저렴하게 물건을 살 수 있고, 물건을 팔 수 있다. 오늘 골프웨어 사냥은 백 퍼센트 성공이다.

산뜻하게 거래를 끝내고 피트니스로 차를 몰았다.

평소보다 속도를 냈다. 인도어 연습장은 당일 예약 취소가 불가능하다. 오늘 연습을 놓치면 이번 주는 인도어에서 공을 칠 수 없다. 피트니스 주차장에 차를 주차할 때 당근마켓 알람이 연달아 울렸다. 방금 내게 옷을 팔았던 판매자가 골프웨어와 장갑, 신발, 모자 등을 올리고 있었다. 그녀가 내놓은 매물에 빨간 하트 수가 늘어나고 있다. 마음이 급해졌다. 나는 그녀에게 채팅을 걸었다.

─전부 사겠다고요?

거짓말이다. 그녀가 내놓는 물건이 얼마나 되는지, 발 사이즈가 몇인지 모르는데 다 살 순 없다.

─전부 예약이요. 예약금 입금할게요.

판매자에게 예약금을 보내고 연습장에 올라갔다. 예약한 시간보다 20분이나 늦었다. 골프 여행에 입을 옷들을 모두 다 구매했으니 연습 시간이 줄어든 것은 감수해야 한다.

운동을 끝내고 인셉션에서 일행을 기다렸다. 기다리면서 '슬기로운 소비생활'에 접속했다. 패딩 점퍼를 반값에 판매한다는 역주행 세일 정보와 닭볶음탕용 닭 500그램 네 세트가 1만 2천9백 원이라는 정보, 르본

바디 스크럽 원 플러스 원 행사 정보 글이었다. 역시 핫하다 생각하며 글을 읽었다. 포털 사이트를 거쳐 로테온에서 구매하면 5퍼센트 즉시 할인, M카드로 10만 원 이상 결제하면 5퍼센트 청구 할인이 됐다. 나는 SU몰에서 산 바디 스크럽을 취소하고 로테온에서 M카드로 바디 스크럽을 구매했다. 저렴하게 제품을 구매하는 일은 복잡하고 어지럽다.

골프 여행 일행과 점심을 먹고 디저트 카페로 자리를 옮겼다. 김미효가 앙상블 팀원에게 마카롱을 선물한다고 해서 피트니스에서 차로 30분이나 걸리는 곳으로 왔다. 김미효가 속해 있는 앙상블 팀은 동네 클래식 동호회인데 줄리아드 음대 출신이 두 명이나 있었다. 줄리아드를 나왔는데 동네 클래식 동호회 활동하는 건 학벌이 아깝다고 경숙 언니가 말한 적이 있다. "음악에 학벌이 어딨어요, 음악은 음악이죠. 그리고 한 분은 졸업을 못 했어요." 김미효가 대답했다. 군이 대답하지 않아도 되는 말에 김미효가 대답한 건 그때가 처음이었다.

"우린 공무원이라 제이팍은 좀 부담스럽다."

자리에 앉으면서 경숙 언니가 말했다.

"행시 출신 고위 공무원이 그게 할 말이니? 서천 소가 웃겠다. 니네가 9급 출신이면 몰라도."

연경 언니의 특이한 말버릇이 또 나왔다. 경숙 언니가 질색하는데도 그녀는 공무원이라고 하면 될 말을 꼭 '행시 출신 고위 공무원'이라고 했다.

"공무원 월급 짜. 완전 소태야. 우리 남편은 성정이 대쪽이고 꽉 막힌 사람이라 뒷돈은 한 푼도 받은 적이 없어. 뒷돈 받았으면 내가 이러고 살겠니? 건물주 됐겠지."

연경 언니의 표정이 일그러졌다. 서울시 도시 개발 공무원이었던 그녀의 남편은 현재 건물주다. 폭탄은 연경 언니가 맞았는데 내가 힘들었다. 이런 식으로 판이 깨지면 서로 피해 다녀야 한다. 말려야 하는데. 내겐 그들을 중재할 만한 힘이 없었다.

냉랭한 분위기 속에서도 김미효는 인스타에 올릴 사진을 찍고 있었다. 마카롱을 눕혀서 찍고, 세워서 찍고, 겹쳐서 찍고. 자기는 뭐든 심드렁하고 열정이 없다던 김미효는 인스타에 대한 열정은 대한민국 최고다. 찍은 사진을 즉석에서 보정하고 인스타에 업로드하고 나서야 핸드폰을 내려놓았다.

"가성비 찬성."

김미효가 말했다. 벌킨 찬성이라고 하면 될 것을 굳이 가성비 찬성이라니…….

"자기 진짜 벌킨 갈 거야?"

연경 언니가 믿는 도끼에 발등 찍힌 표정으로 물었다.

"가성비 따지는 게 후지다고 생각하지 않아요. 감성 좋아하는 게 허세가 아닌 것처럼. 난 누구라도 부담스러운 거 싫어요. 이번엔 벌킨 가요."

에휴, 연경 언니가 짧게 한숨을 내쉬며 테이블을 세 번 노크했다.

"오케이. 숙소는 벌킨."

경숙 언니가 내 팔을 쥐었다 놓으며 미소 지었다. 목이 탔다. 제이팍이 아니라 다행이지 싶은데…… 찬물을 마셨다. 나는 가성비 인간이니까 당연히 벌킨인데…… 찬물을 한 모금 더 마셨다. 그래도 내게 물어봐야 하는 거 아닌가. 찬물을 들이켰다. 뜨거운 아메리카노 말고 아이스아메리카노를 주문할 걸 그랬다.

여행 날짜와 숙소를 정하고 나니 다음은 비행편이 문제였다. 연경 언니는 대형 비행기, 국적기를 타고 싶어 했고, 경숙 언니는 저가 항공을 이용하고 싶어 했다. 골프 여행을 갈 순 있을까, 간다고 해도 즐겁게 공을 칠 수 있을까, 진이 빠져서 다 그만두고 싶을 때 핸드폰이 울렸다.

"……거예요, 말 거예요?"

짜증 섞인 목소리에 번호를 확인했다. 스팸이나 보험 권유로 등록된 번호도 택배 기사 번호도 아니었다.

"전화 잘못 거셨어요."

"김소희 고객님 아니세요?"

"네, 맞는데 어디신가요?"

"르본바디코리아인데요. 11시 50분에 로테온 몰에서 바디 스크럽 다섯 세트 주문하셨죠? 원 플러스 원 세일 상품. 라벤더애플 두 세트, 화이트티 두 세트, 로즈티 한 세트."

"맞는데 무슨 일이세요?"

"진짜 구매할 건지 아닌지 궁금해서 전화했어요."

핸드폰을 움켜쥐고 카페를 나왔다. 뜨겁고 습한 기운에 숨이 막혔다. 열기가 아지랑이처럼 올라왔다.

"당연히 구매할 거니까 결제했죠."

"자꾸 취소하시잖아요. 지금도 SU몰에서 주문한

거 취소하셨잖아요. 내가 지금 손님 때문에 몇 번이나 포장을 풀었다가 담았다가 했는지 아세요? 이번엔 제발 구매 취소 좀 하지 말아 주세요."

대낮에 벌거벗겨진 기분이었다.

"여보세요? 고객님. 김소희 고객님. 끊었나? 고객님? 아, 진짜 바빠 죽겠는데."

전화를 끊고 SU몰에 접속했다. 아직 주문 취소가 완료된 상태가 아니었다. 결제가 완료된 줄 알았던 로테온에서는 아직 결제가 진행 중이었다. 나는 양쪽 사이트를 오가며 새로 고침을 연달아 눌렀다. 얼굴이 홧홧했다. 볕이 너무 뜨거웠다. 카페 안으로 들어갔다. 소름이 돋을 만큼 추웠다.

여행 계획을 짜고 있는 일행이 보였다. 연이어 한숨을 내쉬는 연경 언니, 그런 연경 언니를 삐딱하게 바라보는 경숙 언니, 새치름하게 귀밑머리를 쓸어 넘기며 핸드폰을 만지작거리는 김미효.

"저가 항공 싫어. 닭장도 그런 닭장이 없어."

당근마켓에 바디 스크럽을 팔면 얼마나 벌 수 있을까?

"그럼 너는 비즈니스 타. 그러면 되잖아."

바디 스크럽을 빨리 팔려면 개당 만 원 정도 이문이 적당하다. 2만 원은 힘들겠지. 골프 여행을 가기 전까지 다 팔 수 있으려나.

"저가 항공은 비즈니스도 코딱지만 해. 난 좀 편하게 가고 싶다."

같은 피트니스에 다니는 것 외에 공통점이 없는 사람들의 여행엔 변수가 가득하다. 뾰족한 눈빛과 날 선 말들이 위태롭다. 오직 김미효만이 여유롭다.

"숙소는 연경 언니가 양보했으니까, 비행 편은 경숙 언니가 양보하는 게 공평할 거 같은데요."

김미효의 말에 연경 언니의 표정이 밝아졌다. 경숙 언니도 마뜩잖은 표정으로 고개를 끄덕였다. 항공편이 그렇게 정해졌다.

"어머, 자기 얼굴이 왜 그래?"

경숙 언니가 내 얼굴을 보고 눈을 휘둥그레 떴다. 뺨에 손을 댔다. 화기가 느껴졌다. 한낮의 열기, 잠깐이었던 거 같은…… 시간에 얼굴이 익어 버렸다. 김미효가 핸드폰에서 시선을 떼서 내게로 옮겼다. 가성비가 후지진 않고 감성이 허세가 아니라면 그녀는 무엇이 중요할까? 왜 경제적 수준이 맞지 않는 우리와 다닐까?

김미효 성격이라면 아무렇지도 않게 팀을 깰 수 있을 텐데. 한 번도 생각하지 않았던 의문이 들었다.

"얼굴이 되게 빨개요. 알러지 있어요?"

김미효가 물었다. 앙상블 팀보다 여기가 더 편해요, 몇 시부터 줄을 섰어요? 열정이 대단하시네, 말하며 환하게 웃던 김미효와 눈이 마주쳤다. 다시 얼굴이 화끈거렸다. 7개월 동안 우리는 수없이 많은 밥을 먹었고 차를 마셨다. 나는 한 번도 김미효가 편한 적이 없었다. 손안에서 핸드폰이 울렸다. SU몰에서 온 주문 취소 문자였다. 곧이어 로테온에서 문자가 왔다.

김소희 고객님 ○○○○○원 결제 완료되었습니다.

나는 대한민국에서 르본 바디 스크럽을 제일 싸게 구매했다. 얼굴은 타는 것 같은데 팔에는 소름이 돋았다. 가성비와 감성비의 골짜기에서 우리의 균형은 아슬아슬하다. 김미효의 시선이 내게서 핸드폰으로 향했다. 검지로 핸드폰 화면을 넘기는 김미효의 표정은 평안하다. 나는 소름이 돋은 팔을 들어 올려 뺨에 댔다. 여전히 화끈거렸다.

"우리 기분 한번 내요. 제이팍 가요."

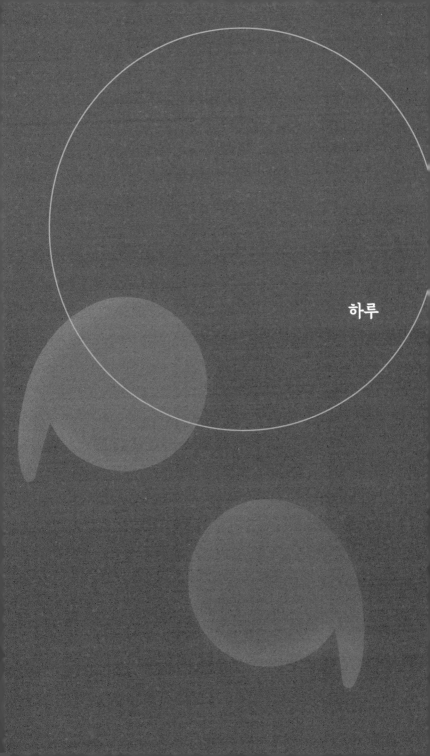

하루

새벽 4시. 하루가 시작됐다. 몸 안 어디엔가 시계가 있는 것 같다. 나는 잠에서 깨자마자 아내의 엉덩이를 발로 툭 쳤다. 아내가 몸을 옆으로 휙 돌렸다. 우리 둘 다 밤새 안녕하다. 안도감에 피식 웃음이 났다. 이게 웃음이 날 일인가 싶긴 한데 저절로 미소가 지어져서 살짝 부아가 났다.

아내의 엉덩이를 한 번 더 발로 툭 치고 눈 운동을 시작했다. 손바닥을 비벼 열을 낸 후 눈에 대고 2분 정도 눈 찜질을 한다. 2분 동안 빠르게 눈을 깜박이고, 열 번 정도는 뻐근할 정도로 눈을 꽉 감았다가 천천히 뜬다. 백내장 수술을 한 후부터 안구 건조증이 생겼다. 보험으로 수술하면 의사들이 대충대충 수술한다던데 내가 딱 거기에 걸렸지 싶다. 그렇지 않고서야 눈이 이렇게 뻑뻑할 수 없다.

눈 운동을 마치고 거실로 나갔다. 사위가 푸르스름했다. 기지개를 켜고 몸을 비틀었다. 아침에 관절을 풀어 줘야 오후가 편안하다. 새벽인데도 바람이 후텁지근했다. 베란다에 옹기종기 모여 앉은 난들이 한들한들했다. 녀석들에게 물을 주고 물이 빠지기를 기다렸다가 다시 거실에 들여놓아야 한다. 여름 볕이 강해서 난초가 타 죽기 때문이다. 여름엔 낮에 거실에 들여놓고, 겨울엔 밤에 들여놓아야 한다. 손이 많이 가지만 그만큼 운치를 선물하는 녀석들이다.

3년 전에 재호에게 선물 받은 난이 상태가 안 좋았다. 뿌리를 봐야 살릴 수 있는지 버려야 하는지 알 수 있다. 재호가 선물한 난을 베란다 귀퉁이에 빼놓았다. 재호가 초등학교 동창 중에서 제일 오래 살 줄 알았다. 늘 골골대서 몸에 좋다는 건 다 챙겨 먹던 녀석이 지난봄에 죽었다. 노란 개나리꽃 사이로 푸른 잎사귀가 돋고 벚꽃이 흐드러지던 날, 재호에게서 문자가 왔다.

손재호 사망. 빈소 Y대학 장례식장 특 1호. 발인 4월 6일

무릎이 꺾였다. 문자를 몇 번이나 확인했다. 분명 재호의 번호였다. 해킹인 줄 알았다. 노인네 핸드폰 해킹해 봤자 뭐가 나온다고 이런 고약한 농담을 하나 싶어 화가 머리 꼭대기까지 났는데, 재호의 아들이 보낸 자동 문자 알림이었다.

노인들은 시린 겨울을 보내고 죽어 나간다. 빙판에 미끄러져 골반이 부러지거나 팔목이 나가서 끙끙대며

추위를 견디다 날이 풀리면 죽었고, 겨우내 콜록대다가 봄에 죽었다. 연초록빛 새순이 마른 가지에서 올라오고, 봄꽃이 화려하게 필 무렵 죽고, 죽고 또 죽고…… 끊임없이 부고가 울렸다. 오늘 자다 죽어도 이상할 게 없는 나이라도 봄에, 꽃 피는 봄에 죽는 건 싫었다. 누구는 겨울에 죽으면 노인들 장례식장에 가기 힘드니까 참고 참다가 봄에 죽는다고 말하기도 하지만 봄엔 꽃놀이를 가야지 장례식장 순례는 재미없다. 초등학교 남자 동창 중에 지금까지 살아 있는 건 나와 춘식뿐이다. 춘식이는 치매로 7년째 요양원에 있다. 실질적으로 죽은 거나 마찬가지다.

"오늘 어디 가?"

메뉴가 카레인 걸 보니 아내가 여행 가든지 놀러 가든지, 둘 중 하나다. 어느 날인가부터 아내는 동네 여자들과 여행 갈 때마다 카레를 한 솥 끓였다. 사골보다 카레가 낫긴 해도 카레도 하루 이틀이지. 물린다. 게다가 오늘 카레는 거무튀튀해서 있던 입맛도 달아나게 생겼다. 하던 대로 할 것이지 백 선생인지 뭔지 하는 유튜브를 열심히 따라 하는데 내 입에는 영 아니었다.

"천안 간다고 말했잖아요."

또 온천이다. 가만히 있어도 쪄 죽는 날씨에 온천이 말이 되나. 쓸데없이 나랏돈만 축내고 있다. 지하철이 공짜이니 집에 붙어 있지를 않는다.

"어제 생생정보통 볼 때 천안 간다고 말했잖아요."

기억이 나질 않는다. 내가 기억을 못 하는 것인지 아니면 아내가 거짓말을 했는지, 누가 알겠는가? 증인이 없는데. 집에 CCTV라도 달아 놔야지 판결이 날 것이다.

"기억 안 나요?"

"내가 치매야! 왜 같은 말을 하고 그래."

아내가 입술을 꾹 다물고 나를 노려봤다. 그렇게 노려보면 어쩔 건데.

"점심도 카레야? 내가 인도 사람이야? 아침도 카레, 점심도 카레, 이러다가 저녁도 카레 먹으라고 하겠네."

"냉동실에 사골 곤 거 있으니 그거 드시구려."

"저녁은?"

"카레든 사골이든 당신 드시고 싶은 거 자시라고. 손이 없어 발이 없어. 밥솥에 밥 있고, 냉장고에 반찬 있는데! 꺼내 먹으면 될 일이지. 왜 이렇게 성가시게 굴어.

내가 나이가 몇 살인데 아직까지 남편 삼시 세끼 밥을 차려! 아우, 지겨워. 그놈의 밥."

아내는 먹던 카레밥을 랩으로 감싸 냉장고에 넣었다. 지겨워, 지겨워, 노래 부르며 냉장고에서 이것저것을 꺼내 밀폐 용기에 담았다. 내겐 눈길 한번 주지 않고 안방 문을 쾅 닫고 들어갔다. 남편 밥을 차리는 게 지겹다는 말은 나보고 죽으라는 말인가? 질기게 살아남아 밥을 축내는 내가 그렇게 지겨운가? 화가 나야 했는데 기운이 쏙 빠졌다.

아내는 나이에 맞지 않게 분홍색 티셔츠에 연보라색 바지를 입고 안방에서 나왔다. 뿌루퉁한 표정으로 음식을 담은 봉투를 챙겼다. 누가 보면 늙은 수국인 줄 알겠네, 비웃고 싶었는데 쌩하니 나가서 말할 틈이 없었다.

설거지를 마치고 인스턴트 블랙커피를 마셨다. 전에는 커피 기계로 커피를 내려 마셨는데 캡슐이 없으니 무용지물이다. 하루에 한 잔 마시는 블랙커피가 치매를 예방한다며 며느리가 커피 기계를 선물했었다. 캡슐을 넣고 누르기만 하면 커피숍에서 파는 블랙커피가 나오는 기계였다. 며느리는 캡슐이 간당간당하면 귀신같이 알아채고 커피 캡슐을 보냈다. 성정이 조용하고 섬세한 아이였다. 그런 아이가 갑상샘암에 걸리고 나선 180도 변했다. 갑상샘암은 암도 아니라는데, 왜 그렇게 모질고 독하게 변했는지 이해되지 않는다. 내가 살면 얼마나 산다고, 나 죽고 나면 후회할 텐데.

명안과는 아침부터 노인 천지다. 병원 문을 열기 전부터 노인들이 줄 서 있었다. 남들이 보면 명의가 진료하는 줄 알겠다. 개인병원 안과 의사 실력이야 비등비등하겠지만 명안과 의사는 친절하다. 진료 시간이 길어서 대기하는 시간도 길다는 게 단점이다. 물론 내가 진료를 볼 땐 최고 장점이다.

"어르신, 안약은 시간 맞춰서 잘 넣으시고 인공 누액은 아까워하지 마시고 자주 넣으셔야 해요. 건조한 것 빼곤 아주 좋습니다."

"내가 안구 건조증이 없었는데 백내장 수술하고부터 생겼거든."

"지난번에도 말씀드렸다시피 나이가 들면 안구 건조증이 생겨요. 백내장 수술이랑은 전혀 상관없어요. 멀리 보시고, 핸드폰 너무 많이 보지 마시고, 눈 자주 깜박이시고, 약 넣으시면 괜찮으세요."

"아니, 내가 백내장 수술하기 전에는 안구 건조증
이 없었다니까."

의사가 혀로 입술을 축였다. 의사가 다른 의사 실수
를 말하는 건 어려운 일이다. 내가 안다. 이래 봬도 내가
5대 일간지 출신이다. 기자는 아니었어도 신문사 짬이
있다. 척 보면 착이다.

"내가 의사 선생 힘들게 하려는 건 아니고 진실을
알고 싶어서 그렇지. 내가 5대 일간지 출신이잖아."

"알죠, 어르신 신문사에서 일하신 거. 나이 들면 안
구 건조증이 와요. 수술한 눈은 좀 더 심하죠. 그러니까
인공 누액 자주 넣으셔야 해요."

의사가 내 말을 끊었다. 보험으로 수술하면 의사들
이 대충 수술한다는 말에 그는 말도 안 되는 일이라고
딱 잡아뗐다. 어쩌겠는가, 가재는 게 편인데.

안과를 나오니 10시 30분이었다. 같은 건물 2층에
있는 정형외과로 부랴부랴 내려갔다. 아이쿠야, 대기
실에 노인들이 득실득실했다. 물리 치료비가 이천 원
도 안 되니 노인네들이 정형외과에 마실 가듯 들락날
락했다.

"늦었네."

대기실에 앉아 있던 김창수가 알은체했다. 올해 85살인 김창수와는 10년 정도 배드민턴 동호회를 같이 했다. 그는 말도 많고 오지랖도 넓었다. 말 많은 오지랖쟁이는 별로지만 나는 그와 어울린다. 선택의 여지가 없다. 성격이 맞든 안 맞든 제 발로 걷고, 온전한 정신으로 대화할 수 있으면 친구가 될 수 있는 나이가 팔십 대였다.

"안과 다녀오느라고 좀 늦었네. 여름인데 환자가 왜 이렇게 많아."

"우리도 왔으니 할 말 없지."

"나는 무릎 때문에 온 거지, 시간 죽이러 온 건 아니지."

"여기 안 아픈 사람 있나?"

정곡을 찌르는 말에 나는 입을 다물었다. 우리는 음소거된 텔레비전을 시청했다. TV에서 관절에 좋은 식품을 설명하고 있었다. 중요한 정보였는데 자막을 읽을 수가 없었다. 노안만 온 게 아니라 시력 자체가 떨어져서 자막 읽는 게 여간 고역이 아니다.

"허 교장 있잖아. 아, 그…… 있잖아. 배드민턴 치다가 넘어져서 발목 부러졌던."

"알지. 그이가 왜? 죽었어?"

"허 교장이 죽었어?"

"내가 먼저 물었잖아. 죽었냐고."

"아니, 얼마 전에 고관절 수술했대."

발목에 고관절에, 참으로 하체가 부실한 인간이다.

"그 나이에 수술은 무슨. 얼마나 살겠다고 돈을 쓰고 죽어."

"사는 동안에는 아프지 말아야지."

김창수의 말도 일리가 있다. 사는 동안엔 아프지 말아야 하는데 나이 들면 안 아픈 곳이 별로 없다는 게 늙음의 가장 큰 문제다.

"수술은 잘됐대?"

"잘됐대. 병수발을 며느리가 들었대. 요즘 세상에 어떤 며느리가 시아버지 병수발을 들어. 효부야, 효부."

허 교장은 육십 대에 홀아비가 됐다. 배드민턴 동호회에서 만난 여자와 재혼하느니 마느니 한참 말이 많았는데 자식들 때문에 헤어졌다. 20년을 혼자 살 줄 알았다면 육십 대에 재혼했어야 했다. 그 긴 세월을 혼자 자고, 일어나고, 밥 먹고. 하루가 얼마나 긴데. 그 긴 하루를 혼자서 20년을 견뎠다. 짠하다.

"효부는 무슨. 허 교장 재혼한다고 하니까 펄펄 뛴 게 며느리잖아. 그때 재혼했으면 지들이 왜 병수발을 들어."

"그건 큰며느리고."

"며느리가 둘이야?"

"아들이 둘이니까 며느리도 둘이겠지. 아무튼 며느리가 매일 병원 데리고 다닌대. 그이가 며느리 복이 있어."

허 교장은 며느리에게 병구완을 받는데 나는 며느리한테 안부 전화는커녕 생일에도 전화 한 통 못 받는다. 며느리가 갑자기 변했다. 아들이 바람을 피워서 눈이 뒤집힌 건지, 암에 걸려서 성격이 변한 건지 모를 일이다. 바람을 피울 거면 들키질 말든지 젊어서 피우든지, 아들은 다 쪼그라든 나이에 바람이 났다. 이혼하자, 그래 도장 찍자, 재산 분할을 해 주느니 마느니, 한동안 아들 내외는 홍역을 앓았다. 그러다 며느리가 갑자기 암에 걸렸다.

다행이었다. 며느리가 암에 걸린 바람에 아들이 정신을 차렸고, 갑상샘암이라니 그 또한 다행이었다. 아

들은 만나던 여자를 단박에 정리하고 병간호를 자처
했다. 우리는 입원한 며느리의 병문안을 갔다. 아들이
병실을 지키고 있었다. 얼굴이 반쪽이 된 아들을 보니
속상했다. 아내는 아들을 보자마자 얼굴이 왜 이리 상
했느냐며 수선을 떨었다.

"아픈 사람보다 수발드는 사람이 더 힘든 법이지."

아내는 아들의 뺨을 쓰다듬으며 밥은 어떻게 챙겨
먹는지 물었다. 병원에서 보호자 식사가 나온다니 다
행이다. 병원 밥은 살로 안 간다며 아내는 아들이 좋아
하는 반찬들을 냉장고에 차곡차곡 챙겨 넣었다.

"너는 남편 복은 확실히 있다. 병수발 드는 남편이
얼마나 되니? 이런 남편이 세상에 어딨어. 게다가 갑상
선암이라니 천만다행이지. 사람들이 그러는데 갑상선
암 수술이 맹장 수술보다 더 쉽대."

아내가 며느리를 위로했다.

"그만 가 보세요."

며느리가 처음으로 입을 열었다. 물기 없는 목소리
였다. 나는 며느리의 손을 꼭 잡아 주었다. 며느리가 조
용히 손을 빼냈다. 그때 며느리 정신이 이상하다는 것
을 알아챘어야 했다.

"너무 걱정하지 마세요. 얼마 전에 갑상선암은 암 리스트에서 빠졌대요."

아들의 말에 나는 적잖이 안심했다. 세상에서 가장 복 없는 남자가 홀아비다. 아들이 며느리 없이 노후를 보내는 모습을 상상만 해도 심장이 쪼였다. 하루가 얼마나 긴가. 오전이야 병원 다니느라 정신없이 가지만 오후부턴 시간을 감당하는 것이 버겁다. 종일 텔레비전을 보다 잠자리에 들면 정신이 번쩍 들곤 한다. 이러다 치매 걸리지.

"잘해 인마. 효자보다 악처가 낫다는 말이 그냥 하는 말이 아니다. 세상에서 제일 불쌍한 게 홀아비인데, 내 아들이 홀아비 되는 꼴은 보고 싶지 않다."

나는 아들의 어깨를 꽉 쥐었다 놓으며 말했다.

"나이 오십이면 새장가 갈 나이지, 홀아비는 무슨."

아내가 눈치 없이 헛소리를 해댔다. 두 달 전만 해도 바람피우다 걸려서 이혼한다고 난리였는데 새장가 라니, 생각이 있는 건지 없는 건지. 나는 아내의 팔뚝을 툭 건드리며 며느리를 흘끗 쳐다봤다. 아내가 그제야 과장되게 웃었다.

"네 남편 새장가 가는 꼴 보기 싫으면 악착같이 살

아야겠다."

저걸 말이라고, 기가 찼다. 아내를 꾸짖고 싶었지만, 아들 내외 앞이라서 참았다. 아내는 내 처인 동시에 아들의 어미다. 아들 앞에서 어미를 꾸짖는 건 아들을 욕보이는 행위다. 또한 어떤 부모도 자식 앞에서 수치를 당하면 안 될 일이다. 그것은 천륜을 모독하는 일이기 때문이다.

"어멈아, 네 시어머니 말을 곡해하지 마라. 속뜻은 네가 건강하게 낫길 바라는 마음이지. 네가 복이 많은 아이다. 위험한 암이 얼마나 많은데 갑상선암이라니, 감사할 일이지. 게다가 남편이 자처해서 병수발 들고. 무슨 일에든 감사하게 생각하면 감사할 일만 생긴다."

나는 아내의 거친 언사를 완곡하게 표현했다. 그것이 집안 어른의 몫이다.

"그래, 시아버지 말씀이 백번 옳지. 감사하게 생각하면 뭐든 다 감사하지. 만병의 근원이 스트레스라는데, 네가 예민한 성격이라 걱정이구나. 여자가 집에서 예민하고 까다롭게 굴면 남자들이 밖으로 돌게 되어 있다. 그러면 없던 병도 생기지. 갑상선암은 암도 아니……."

아내가 말을 끝내기도 전에 며느리가 눈을 뒤집으며 소리쳤다.

"가시라고요! 제발 나가요!"

드라마에서나 볼 법한 며느리의 언행에 우리는 얼이 빠졌다. 부랴부랴 병실을 나오는데 다리가 후들거려 걸을 수가 없었다. 그게 2년 전 일이다. 그 일이 있고 난 후로 며느리를 본 적이 없다. 아들한테 며느리 상황을 듣자니 예상했던 것보다 힘들어하고 있다고 했다. 성격이 뾰족하니 남들은 쉬이 지나가는 갑상샘암이 혼자만 힘든 것이다. 며느리만 생각하면 마음이 편하지 않다.

물리 치료를 받고 나오니 정오였다. 김창수가 나를 기다리고 있었다. 그가 교회에서 점심 먹자고 했다. 교회는 병원에서 한 정거장 떨어진 곳에 있다. 수요일과 일요일엔 점심 식대가 천 원인데 맛이 괜찮았다. 맛이 괜찮다는 소문에 지하철이 닿는 곳에 사는 비렁뱅이들이 다 몰려들어 수요일 교회 식당은 도떼기시장 같았다. 그런 곳에서 점심을 먹고 싶진 않았는데 점심으로 콩국수가 나온다며 콩국수 먹자고 김창수가 하도

졸라서 어쩔 수 없이 교회에 갔다. 콩은 잘못 삶으면 비린내 나는데, 내가 투덜거리자 김창수가 천 원에 말도 많다며 핀잔을 줬다. 천 원짜리 콩국수는 맛이 제법 괜찮았다. 오이도 송송 썰어 넣고 깨도 뿌리고. 우리는 두 그릇씩 먹고 교회를 나왔다. 해가 중천에서 지글지글 탔다. 머리가 익는 것 같았다.

천 원짜리 점심 먹고 열사병으로 죽게 생겼다. 머리가 띵한 게 어지러웠다. 7월 대낮의 태양을 정통으로 맞다간 객사하지 싶었다. 병원에서 죽든지 집에서 죽든지 해야지 길바닥에서 죽으면 사람 체면이 말이 아니다. 우리는 길 건너 S은행에 가기로 했다. 하릴없이 은행에서 죽치려는 건 아니다. S은행은 내가 거래하는 은행 중 하나고, 지난봄에 죽은 재호가 본부장으로 퇴직한 은행이기도 하다.

여름엔 은행이 최고다. 에어컨 빵빵하고 커피, 사탕, 와이파이까지 무료다. 게다가 오늘은 대기 손님도 많았다. 나는 느긋하게 번호표를 뽑고 등받이가 있는 자리에 앉았다. 김창수가 사탕을 한 움큼 가져왔다. 김창수는 이게 문제다. 서너 개만 가져와도 되는데 뭐든지 욕심을 부렸다. 김창수는 누룽지 사탕을, 나는 청포도 사탕을 입에 넣었다. 김창수는 나보다 한 살 더 많은데 너무 노인네 취향이다. 사탕이라도 상큼하게 즐겨야지 누룽지가 뭔가.

이른 시간에 일어난 데다 점심까지 배부르게 먹었더니 졸렸다. 밖에서 꾸벅꾸벅 조는 노인네는 싫었는데, 자꾸 눈이 감겼다. 허벅지와 손등을 번갈아 꼬집었지만, 나는 속수무책으로 잠에 빠져들었다.

"어르신, 어르신."

청경이 나를 깨웠다. 앞이 뿌옇고 눈이 따끔따끔했다. 병원에서 처방받은 인공 눈물을 눈에 넣었다. 청경이 휴지를 건넸다. 참으로 센스 있는 사람이다.

"번호가 어떻게 되세요?"

청경이 물었다. 내 순서가 한참 지나 있었다. 청경이 창구에 부탁해서 순번이 지났어도 업무를 볼 수 있게 해 주겠다고 말했다.

"그건 아니지. 다들 순서 기다리는데. 새치기하면 쓰나."

나는 다시 번호표를 뽑고 물을 한 잔 마셨다. 짜게 먹지도 않았는데 목이 말랐다. 자판기에서 무료 커피를 한 잔 뽑아 청경에게 주었다. 청경은 됐다며 손사래

쳤다.

"손님이 주는 건데 그걸 또 싫다고 하나. 손 무안하게."

"근무 중엔 객장에선 마실 수가 없습니다. 성의만 받을게요."

청경은 내게 깍듯이 인사하고 제자리로 돌아갔다. 신문사에 아는 후배가 있다면 청경에 대한 미담 기사를 내 달라고 청탁할 텐데 아쉬웠다. 재호라도 살아 있다면 본부장 끗발로 뭐라도 하나 해 줄 텐데.

재호는 병원에 입원한 지 열흘 만에 죽었다. 중환자실에서 죽어서 나는 재호의 마지막 모습을 보지 못했다. 재호가 죽기 보름 전이 우리의 마지막 만남이었다. 그날은 새벽 공기가 청명했고 바람이 쌀쌀했다. 모처럼 미세먼지 없이 맑은 날이 이틀 연속 이어졌다. 우리는 새벽에 호수 공원을 돌고 공원 편의점에서 컵라면과 떡을 먹었다. 커피 한 잔을 사서 벤치에 앉아 나눠 마시며 해 뜨는 것을 보았다.

전날, 재호는 입대하는 손자를 따라 훈련소에 다녀왔다. 훈련소에서 아들이 너무 울어서 민망했다고 했다.

"훈련소에 죄다 부모들이 같이 왔더라고. 세월이 바뀌었나 봐. 우리가 자식 보낼 땐 안 그랬잖아."

"무슨 소리야. 우리 때도 다 갔다."

"우리 때도 그랬다고?"

"당연하지. 그때 군대가 얼마나 살벌했어. 대통령도 자기 아들 군대 안 보내려고 그 지랄을 떨었는데. 군대서 보내는 시간이 아까워서만 그랬겠어? 그런 곳에 아들을 보내는데 혼자 보내는 건 아니지."

재호가 눈을 깜박이다 커피를 마셨다.

"재호야, 너 설마 면회도 안 간 건 아니지?"

재호는 대답 대신 혀로 입술을 축였다.

"너무하네."

"그러게. 내가 너무했네."

재호가 몸을 부르르 떨며 일어났다.

"감기 오겠다."

재호는 버스 타고 가자고 했는데 내가 걸어가자고 했다. 재호는 그날 감기에 걸렸다. 감기는 폐렴으로 번졌고 폐렴은 죽음이 됐다. 늘 감기를 달고 살아 감기엔 이골이 난 녀석인데 너무 쉽게 죽어 버렸다. 버스 탈 걸

그랬다. 우리가 오늘 죽어도 이상할 게 없는 나이라는 것을, 봄은 노인에게 죽음의 계절인 것을 어떻게 까맣게 잊고 있었을까.

　김창수가 너무 오래 자고 있었다. 벌어진 입가에서 침이 흘러나왔다. 낮잠을 참 추잡스럽게 잔다. 옆에 앉은 것이 부끄러웠다. 김창수의 팔을 툭 쳤다. 김창수는 미동도 하지 않았다. 죽었나? 침을 질질 흘리는 것이 불안했다. 김창수를 세게 밀었다. 김창수가 옆으로 고꾸라지며 눈을 떴다.
　"왜 사람을 밀고 그래."
　김창수가 버럭했다. 살아 있었네. 다행이다. 은행에서 낮잠 자다 죽으면 은행에도 민폐고 본인도 죽어서도 창피할 것이다.
　"죽은 줄 알았잖아."
　"뭔 소리야. 지금 몇 시야?"
　손등으로 침을 닦으며 김창수가 물었다.
　"3시 좀 넘었어."
　"벌써 그렇게 됐네. 은행 볼일은 다 봤나?"
　김창수가 눈을 무겁게 껌벅이며 물었다.

"손님이 이렇게 많은데. 아직 멀었어. 바쁘면 먼저 가."

조느라 순번을 놓쳤다는 말은 하지 않았다. 김창수가 돋보기를 쓰고 카톡을 확인했다. 노인네들 카톡이야 뻔하다. 나라 걱정, 건강 걱정, 부고 소식밖에 더 있는가. 연금 타 먹는 노인네들이 왕창 죽어야 젊은이들이 덜 힘든데 태극기만 휘두르면 애국자인 줄 안다. 김창수가 카톡을 보며 아구아구, 하며 킬킬 웃어댔다.

"뭐가 그렇게 재미나서 키득거려?"

"조 영감 알지?"

"조 영감?"

"거 왜, 법에 빠삭한, 그래서 우리가 영감님이라고 부르잖아."

영감은 무슨. 변호사 사무실 사무장 했던 놈한테 영감 같은 소리 하고 있네. 진짜 판검사들이 알면 기함할 일이다.

"왜? 죽었대?"

"아니. 조 영감이랑 오 회장……."

"오 회장이 죽었어? 억울해서 어째. 그 많은 돈 다 쓰지도 못하고."

"왜 사람을 자꾸 죽여!"

"내가 뭘 사람을 죽여?"

"누구 말만 하면 계속 죽었냐고 물어봐. 기분 나쁘게."

"기분 나쁠 게 뭐가 있어. 우리 나이가 오늘 죽어도 모를 나이니까 그렇지."

"오 회장이 죽었으면 장례식에 갔겠지. 설마 죽은 지 한참 지나서 말해 주겠어."

나는 부고 소식이 듣기 싫어서 배드민턴 동호회 단톡방을 나왔다. 병으로 죽었네, 자다 죽었네, 수술 후유증으로 죽었네. 같은 단톡방에 있지만 이름도 얼굴도 모르는 노인네들의 부고가 범람했다. 장례식장에 우르르 모여 육개장을 먹으며 또 다른 노인들의 사건 사고 소식을 들었다. 골반이 부서졌네, 척추가 나갔네, 요양원에 입원했네. 치매 걸린 남자는 요양원에서 안 받아 줘서 정신 병원에 입원해야 한다는 끔찍한 소문을 들어야만 했다. 나는 재호의 장례를 마지막으로 장례식장에 가지 않겠다고 결심했다.

재호의 장례식은 Y대학 병원에서 치러졌다. 버스를 타고 한 시간 남짓 가야 하는 장례식장에 도착했을 때 나는 너무 지쳐 있었다. 사흘 내내 재호의 빈소를 지킬 요량으로 속옷을 챙긴 것이 무안할 만큼 기운이 없었다.

호상이네, 호상. 입원한 지 열흘 만에 깨끗하게 죽었다고, 죽음도 참으로 깔끔한 양반이라는 말로 문상객들은 재호를 칭송했다. 깨끗하게 죽는다는 건 축복이다. 나도 재호처럼 딱 열흘만 병원에서 앓다가 죽으면 좋겠다고 생각했다. 열흘이면 가족들을 다 만날 수 있는 시간이다. 게다가 열흘 병원비는 남은 가족들에게 부담이 되지 않을 것이다. 남은 자들에게 부담을 주지 않고 적당하게 애통해하는 시간을 주고 죽는 것. 모든 늙은이의 소망일 것이다. 재호의 죽음이 부러웠는데 갑자기 부아가 났다. 가슴에서 열이 치솟아서 밖으로 나갔다. 호상인데, 깔끔한 죽음인데 눈물이 쏟아졌다. 재호가 너무 보고 싶었다.

김창수가 갓난아기 동영상을 보여 줬다. 잠자는 아기가 입술을 오물오물하고 있었다. 오물오물하는 입 모양이 하트였다. 사랑스러웠다.

"오 회장이랑 조 영감이 이번에 증손주를 봤잖아.

요건 오 회장 증손녀인데 두 달 됐고, 요건 조 영감 증손자. 둘이 꼬물이들 동영상 올리느라고 난리야. 경쟁 붙었어. 내가 요즘 꼬물이들 보는 낙으로 살아."

남의 증손주 동영상 보는 낙으로 산다니, 콧방귀를 뀌었는데 동영상 속 아기의 오물거리는 입술을 보니 힐링이 따로 없었다. 아기들은 참 신기하다. 보고 또 봐도 질리지 않는다. 방긋방긋 웃는 얼굴은 당연히 예쁘고 찡그린 표정도, 우는 모습도 귀여워서 한참을 들여다보게 된다.

"몇 살인데 증손주를 봐?"

"오 회장은 나보다 한 살 어리니까 자네랑 갑이고, 조 영감은 나보다 한참 아래지 아마."

"근데 벌써 증손주를 봐? 빠르네."

"오 회장은 본인 혼인이 빠르고, 조 영감은 딸도 그렇고 손녀딸도 혼인이 빠르지 아마. 자네 큰손주는 몇 살이야? 아들이지?"

"아들. 스물한 살."

요즘은 혼인이 늦으니 아마도 내가 증손주를 보려면 15년은 걸릴 것이다. 그럼 아흔아홉이다. 백 세 넘어서도 건강하게 살면 좋은 거라고 하는데, 그 나이까지 정신과 몸을 건강하게 유지하는 건 낙타가 바늘구멍에 들어가는 것보다 더 힘든 일이다. 게다가 연금을 너무 오래 타 먹는 건 젊은 세대에게 미안한 일이기도 하다.

나는 연금이나 축내며 오래 살고 싶지는 않았다. 아들 결혼시키고 손자만 보고 죽어도 여한이 없다고 생각했다. 토실토실한 손자의 손을 잡는 순간 삶의 의욕이 불탔다. 손자가 커 가는 모습을 지켜보고 그 순간을 함께 하고 싶었다. 아들에게서도 느껴보지 못한 강한 애착에 나 스스로가 깜짝 놀랐다.

노란 원복을 입고 앙증맞은 가방을 메고 유치원에 들어가는 손자의 모습을 상상하며 처음으로 영양제를 먹기 시작했다. 손자가 유치원에 들어가는 모습은 보고 죽고 싶었다. 손자가 유치원에 입학하고 나선 초등학교에 들어가는 것까지만 보고 싶었다. 더는 욕심내지 않고 딱 그때까지만, 했는데 손자가 중학생, 고등학생, 대학생이 될 때까지 나는 아직 살아 있다. 기적 같은 일이다. 기적이 계속 이어지길 바라면 노욕일 것이고, 증손주를 보고 싶어 하면 노망이겠지. 손자도 가슴이 미어지게 애틋한데 증손주는 어떨까, 궁금했다.

"맞다. 작년에 자네 손자 대학 갔다고 한턱냈지. 증손주 보려면 까마득하네. 군대는 갔나?"

군대라니, 생각도 못 했다. 손자가 군대에 갔다면 인사하러 왔겠지. 설마 우리한테 인사도 안 하고 군대 갔을까. 아닐 것이다, 생각하면서도 불안했다. 며느리 병문안 갔다가 봉변은 우리가 당했는데 외려 며느리가 당당했다.

"근데 자네 며느리는 좀 괜찮나? 그때 암이라고 했잖아."

김창수가 갑자기 며느리 이야기를 꺼냈다. 순간 당황해서 손사래를 쳤다.

"아닌가? 맞는 거 같은데. 그때 어느 병원이 좋으냐고 한참 묻고 다녔잖아."

"갑상선암이 별건가, 당연히 괜찮지. 우리 아들네는 다 무탈해. 괜찮아."

김창수가 나를 물끄러미 응시했다. 설마 기억력이 좋고 오지랖이 넓은 김창수가 우리 집 사정을 아는 건가. 입술이 바싹 말랐다.

"무슨 말을 그렇게 해. 별거 아닌 암이 어딨어? 암은 암이지."

안도의 한숨을 내쉬어야 했는데 마음이 뜨끔했다. 김창수 말이 맞다. 암은 암이다. 호상이라도 죽음은 죽음이듯 별거 아닌 착한 암은 없는 법이다.

"186번 손님"

창구에서 나를 불렀다. 내가 186번 손님이다. 김 대리가 나를 맞았다. 비만이 만병의 근원인데 그는 지난번 봤을 때보다 살이 더 붙었다.

"내가 예금 만기 되는 게 있어."

예금 만기일에 은행에 오면 마음이 급해져서 꼼꼼하게 예금을 선택하지 못한다. 미리 예금의 종류를 설명 듣고 이것저것 비교하는 시간을 가져야 한다.

"아직 3개월이나 남았는데요."

"3개월이면 후딱이지. 이자가 어떻게 되나?"

"2년으로 하실 거죠?"

"1년. 내가 언제 죽을 줄 알고 예금을 길게 가져가."

"왜 그런 말씀을 하세요. 아직 정정하신데. 1년은 이자가 좀 낮아요. 2.8프로."

"데끼! 말도 안 되는 소리 하고 있네. 지금 받는 이자가 3.6프론데 왜 2.8이래? 내가 아무리 늙었어도 예금

이자도 기억 못 할 줄 알아."

김 대리가 손수건으로 땀을 닦았다. 이렇게 시원한 곳이 어딨다고 땀을 뻘뻘 흘리는지. 저러다 골로 가지 싶었다.

"그건 2년 전 이자죠. 기준 금리가 내려가서 어쩔 수 없어요."

"나는 이자로 먹고사는 사람인데 이자가 이렇게 내려가면 나는 어떻게 사나?"

"이자 생각하시면 정기예금보단 펀드나 ELS가 낫죠."

펀드에 들 생각은 없었지만 김 대리가 추천하면 설명을 들어 볼 용의는 있다.

"뭐가 좋은데?"

"3개월 뒤에 오세요. 지금 출시되는 상품은 3개월 뒤엔 없어요."

"뭐야, 은행 온 보람이 없네."

"왜 보람이 없어요. 잠시만요."

김 대리가 의자를 뒤로 쭉 밀어 복사기 옆에 있는 박스를 뒤졌다. 저러니 살이 찌는 거다. 자리에서 발딱 일어나 바쁘게 걷고 해야 하는데 의자를 쭉 밀어서 다

니니 운동이 되나. 김 대리가 비닐장갑 두 개를 내밀었
다. 지난번엔 치약이었는데 날이 갈수록 은행 서비스
가 박하다.

"하나 더 주면 안 되나? 같이 온 친구가 있어서."

나는 손으로 객장에 앉아 있는 김창수를 가리켰다.
김 대리가 비닐장갑을 하나 더 줬다. 김창수와 나는
오후 네 시 넘어 은행을 나왔다. 길바닥이 자글자글
끓었다.

텔레비전을 보고 있는데 아내가 돌아왔다. 땀을 주
룩주룩 흘리며 거실 화장실로 뛰어 들어갔다. 거실 화
장실은 내 전용이고 안방 화장실이 아내 것이다. 아내
는 화장실을 더럽게 쓴다고 내게 안방 화장실 출입을
금했다. 내가 벌어서, 내 돈 주고 산 집에, 내가 들어갈
수 없는 곳이 있다는 게 환장할 일이다.

"거, 왜 남의 화장실을 쓰고 그래. 더럽게."

수건으로 얼굴을 훔치며 화장실에서 나오는 아내
에게 한마디 했다. 아내가 나를 쏘아보았지만, 별말 안
하고 안방으로 들어갔다. 저도 양심이 있으면 화장실
때문에 구박받는 내 심정을 알 것이다. 웃음이 났다. 샤

워하고 나온 아내가 저녁 먹었냐고 물었다. 나는 대답 대신 텔레비전 볼륨을 높였다.

"저녁은?"

아내가 다시 물었다. 나는 보란 듯이 텔레비전 볼륨을 최대치로 올렸다. 귀가 따가웠다.

"저녁 먹었냐고 묻잖아요."

아내가 리모컨을 빼앗아 볼륨을 낮췄다.

"먹었지. 지금이 몇 시야? 8시야, 8시. 서방 밥 주는 시간까지 종일 나가 놀더니 좀 미안한가."

아내는 징그러, 징그러, 하며 부엌으로 들어가서 아침에 먹다 남긴 카레를 우적우적 먹었다. 아내는 아직 밥심이 있다. 다행이다. 밥심이 있다는 건 건강하다는 소리다. 아내가 수박을 내왔다. 수박엔 당이 많아서 두 조각 이상 먹으면 안 되는데 아내는 혼자서 수박 반 통을 해치운다.

"영민이 말이야. 군대 갈 때 되지 않았나? 설마 우리한테 아무 말도 안 하고 군대 간 건 아니겠지?"

아내가 먹던 수박을 내려놓았다. 금방이라도 울음을 터트릴 듯 찡그린 얼굴이었다.

"고얀 것. 우리가 죽어도 장례식은커녕 눈 하나 깜

빡하지 않을 거야. 어떻게 사람이 그렇게 변하지."

　우리가 우리의 장례식을 걱정하게 될 줄은 꿈에도 몰랐다. 고얀 것, 괘씸한 것, 패륜아. 온갖 부정적 수식어로 며느리를 욕해 봐야 며느리 없는 장례식장만 상상됐다. 상상만으로도 수치스러웠다. 잘못했습니다. 단 한 마디면 된다고 아들에게 넌지시 말했는데 며느리는 적반하장이다. 우리의 마지막을 맡겨야 하는 아들 내외에게 우린 약자다. 암에 걸리면 사람이 미칠 수도 있다, 그렇게 결론을 내려야만 했다. 그렇지 않으면 며느리의 패륜을 넘길 수 없었다.

　"젊은 사람이 암에 걸렸으니 무섭고 억울하지. 우리가 그 마음을 헤아리지 못했어. 섭섭하지."

　"누가 들으면 췌장암이라도 걸린 줄 알겠네. 갑상선암 가지고 유세는. 그것도 암이라고 무슨."

　"세상에 별거 아닌 암이 어딨어. 암은 암이지. 암 환자한테 네가 걸린 암은 별거 아니라고 말하는 건 예의가 아니야. 늙으면 죽는 게 당연하다고, 호상이네, 깨끗하게 잘 죽었다고 말하면 안 되잖아. 너무하지."

　아내가 나를 빤히 쳐다봤다. 도대체 뭔 소리를 하는 거냐는 표정이었다.

"그러니까 연락 한번 해 봐. 좀 어떠냐고."

"내가 왜? 석고대죄를 받아도 모자랄 판에. 그렇게 궁금하면 당신이 하시구려."

아내가 안방으로 들어갔다. 나는 난초를 베란다로 옮겼다. 새벽에 베란다 귀퉁이에 뒀던 난을 발견했다. 아침 먹고 살핀다고 해 놓고선 까맣게 잊고 있었다. 난은 가망 없어 보였다. 재호를 대하듯 애지중지 키운 난이었다. 슬퍼야 했는데 피곤했다. 난을 비닐에 싸서 버리고 잠자리에 들었다. 온몸 구석구석이 뻐근했다. 오늘도 참 긴 하루였다. 하루는 이렇게 긴데 세월은 왜 이렇게 빠른지. 어느새 오늘 자다가 죽어도 이상할 게 없는 나이가 됐다. 죽음을 느끼는 나이가 될수록 죽는 게 무섭다는데 이상하게도 나는 아니다. 재호가 죽은 후론 죽는 게 두렵지 않았다. 못 해 본 것들, 포기한 것이 억울하거나 아쉽지 않았다. 하고 싶은 거 다 하고 사는 인간이 어디 있겠나. 외려 너무 오래 살아서 나의 마지막을 지킬 사람이, 나를 기억할 사람이 없을까 봐 두려웠고, 누군가의 후회로 남을까 걱정됐다.

재호에게 그러면 안 됐다. 우리의 마지막 대화가 재호, 너는 너무한 아버지, 무심한 아버지였다는 비난이

아니었어야 했다. 재호, 너는 성실한 가장이었고 내 평
생 좋은 벗이었다고 말했어야 했다. 그깟 감기가 죽음
이 될 때까지, 그날 버스 탔어야 했는데, 자책만 했다.
재호를 그렇게 보내지 말았어야 했다.

　핸드폰을 들고 거실로 나왔다. 시부모가 며느리에
게 먼저 전화하거나 문자를 하는 것은 체면에 맞지 않
는다고 생각했다. 며느리가 암에 걸렸을 때도, 며느리
생일에도 먼저 연락한 적이 없었다. 체면이 뭐라고, 아
픈 며느리 마음 한 조각 헤아리지 못했나.

　며느리에게 몸은 좀 어떤지, 먹고 싶은 건 없는지,
문자를 보내고 안방으로 들어와 누웠다. 아내가 쥐 죽
은 듯 고요하게 자고 있었다. 아내의 엉덩이를 발로 툭
쳤다. 아내가 다시 코를 골았다.

남은 건 명랑한 최선

우리 가족은 경찰서에 가는 중이다. 일주일 전, 경찰서로부터 출석 요구서를 받았다. 우리 식구들의 통장이 보이스 피싱 대포 통장으로 이용됐다는 내용이었다. 엄마는 전화가 아니라 공문서로 보이스 피싱을 하는 건 처음 본다고 가지가지 하네, 대수롭지 않게 말했다. 엄마는 출석 요구서에 적힌 경찰서 전화번호가 아닌 인터넷에서 직접 검색한 경찰서 번호로 전화했다. 진짜였다. 우리 가족 모두의 통장이 보이스 피싱 대포 통장으로 이용됐다. 범인은 당연히 민수였다. 누구한테 통장을 줬냐는 엄마의 다그침에 민수는 아는 형들, 하고 천진하게 대답했다. 아는 형들? 누구? 아는 형이 도대체 누구냐고. 엄마의 고함에 민수는 입을 다물고 방문을 걸어 잠갔다. 우리는 우리의 통장이 언제, 어떻게, 누구에게 건너갔는지 모른 채 경찰서에 가고 있다.

신나야 할 테슬라 시승식이 감옥행 같았다. 아빠가 오매불망 기다리던 테슬라가 하필이면 경찰 조사 전날에 도착했다. 일주일 전만 해도 아빠는 평택항을 향해 바다를 건너는 테슬라의 경도와 위도를 하루에도 몇 번씩 확인했다. 바다 위에 있는 빨간 점을 사랑스럽게 두드리며 아빠는 말했다. "우리 딸이 테슬라에 취업하면 좋겠다. 자율 주행, 얼마나 끝내줘. 게다가 우주 비행까지. 민영이가 코딩 배우기로 한 건 탁월한 선택이야." 아빠의 말에 엄마가 맞장구쳤다. "민영이가 물 건너갈 팔자라잖아. 테슬라, 구글, 아마존. 다 물 건너 있잖아. 민영이는 실리콘 밸리에 가는 게 맞아." 엄마는 왕십리 왕꽃선녀님의 점괘를 불러냈다. 엄마와 아빠는 마치 내가 코딩의 신이라도 되는 듯 테슬라가 선적된 배의 위치를 확인하며 대화를 주고받았다.

실리콘 밸리라니, 설렜다. 일주일 정도는 코딩이 재밌었다. 코딩 학원에 전념하기 위해 휴학하길 잘했다는 생각이 들었다. 드디어 적성을 찾은 것만 같았다. 게다가 나는 성실하다. 적성과 성실함, 재미까지 느끼는데 당연히 실리콘 밸리 정도는 가뿐하게 뚫을 수 있다고 생각했다. 하룻강아지처럼 세계적인 IT 기업 채용 공고를 읽고 실리콘 밸리 월세 시세를 검색했다. 희망으로 가득 찬 생기 넘치는 꿈을 꾸었다. 코딩을 배운 지보름 남짓 되었을 때 알았다. 코딩은 나랑 안 맞는다. 실리콘 밸리는커녕 학원을 수료해도 아는 게 하나도 없을 거 같아서 두려웠다.

"올 여름휴가는 자율 주행으로 고속도로를 누비자. 별거 아닐 거야. 중학생이잖아. 충분히 선처받을 수 있어. 괜찮을 거야. 너무 걱정하지 마."

말의 내용과는 달리 아빠의 목소리는 매가리가 없었다. 그래도 나는 아빠의 말을 믿기로 했다. 경찰 조사를 마치는 대로 나는 코딩 학원으로, 민수는 학교로, 아빠는 회사로, 엄마는 점을 보러 갈 것이다. 긍정적으로 생각하자, 다짐해도 보이스 피싱이 중대 범죄라는 사실은 변함없다.

"순조롭게 지나갈 거랬어."

경찰서 계단 앞에서 엄마가 말했다. 우리 가족들의 통장이 대포 통장으로 사용된 사실을 확인한 엄마는 곧바로 신점을 보러 갔다. 엄마의 오랜 단골인 왕꽃선녀는 민수가 집안을 일으킬 귀한 자식이라고, 잠시 비바람을 맞을 뿐이니 너무 걱정하지 말라고 했다. 좋은 점괘에도 불구하고 엄마는 타로점도 바쁘게 보러 다녔다. 타로 리더는 민수가 칼을 앞에 두고 있다고, 칼을 뽑을지 말지를 결정하기까지는 시간이 걸린다고, 기다리라고 엄마에게 조언했다. 칼이 보이스 피싱이랑 무슨 상관이 있는지는 나는 도통 모르겠는데 엄마는 이해하는 거 같았다. 엄마는 나와 민수의 손을 잡았다. 심장이 손바닥에 달린 거 같았다. 뜨겁고 축축한 손바닥이 변호사인 양 우리는 서로의 손을 꽉 잡았다. 그 순간 나는 깨달았다. 엄마는 점쟁이가 아니라 변호사를 만나야 했다.

경찰서는 생각보다 조용하고 한산했다. 눈이 부리부리한 형사가 우리를 취조실로 안내했다. 자리에 앉자마자 엄마는 형사를 보며 너무 잘생겼네, 홍콩 배우 같아요, 하며 호들갑스럽게 웃었다. 엄마의 속이 너무 뻔하게 보여서 창피했다. 형사는 곧바로 우리 가족의 인적 사항을 확인하고 조서를 작성했다.

"그러니까 게임 머니 환전하려고 통장을 췄다는 거지?"

형사가 민수에게 되물었다. 민수가 고개를 끄덕이자, 형사는 말로 대답하라고 했다.

"네."

"게임 머니 환전하는데, 왜 통장이 필요해?"

"통장으로 환전해야 수수료가 안 나간대요."

형사가 눈을 깜박였다. 잠시 정적이 흘렀다.

"왜 가족들 통장까지 몽땅 줬어?"

형사의 질문에 민수가 피식 웃었다.

"분산 투자, 모르세요?"

이번엔 형사가 피식 웃었다. 민수가 분산 투자라는 단어를 알고 있다는 게 놀라웠고, 게임 머니를 분산 투자한다는 발상이 어이없었다. 너는 이 상황이 웃겨, 엄마가 내 옆구리를 세게 꼬집었다.

"통장 주고 돈은 얼마나 받았어?"

"안 받았는데요."

"돈은 안 받았단 말이지? 그러면 돈 말고 현물로 아…… 그러니까 물건으로, 선물 같은 거 받은 적 있어? 게임비를 대신 냈다든지 닌텐도 같은 거."

민수가 흐음, 하며 눈을 굴렸다. 엄마가 민수의 팔을 덥석 잡았다. 제발 아무것도 받지 않았다고 말해, 받았어도 안 받았다고 거짓말 좀 해. 엄마가 눈으로 레이저 빔을 쏘았다. 하지만 누가 민수를 말릴 수 있겠는가.

"형들이 게임비 두 번 내줬어요. 라면이랑 소떡소떡도 사 줬고요."

민수의 대답에 엄마가 흐느끼듯 한숨을 내쉬었다.

"통장을 주는 대가로 라면이랑 소떡소떡 얻어먹고,

게임비를 두 번 받았다는 거네. 게임비는 얼마나 되지? 라면값이랑 소떡소떡은 얼마야?"

아빠가 민수의 입을 틀어막았다.

"저기요, 형사님. 우리 변호사 불러야 하나요?"

"피의자 마음이죠. 그런데 아버님, 피의자 진술을 방해하시면 안 됩니다. 공무 집행 방해예요. 민수, 게임비 얼마나 받았어?"

형사의 질문이 끝나기도 전에 엄마가 의자에서 벌떡 일어나 민수의 등과 어깨를 주먹으로 내리쳤다.

"생각이 있는 거야, 없는 거야. 중학생이면 알 건 아는 나이잖아. 왜 이렇게 판단력이 없어! 도대체 커서 뭐가 되려고 그래? 내가 너 때문에 미쳐."

형사가 민수에게서 엄마를 떼어냈다. 경찰서에서 폭력을 행사하면 안 된다고, 엄마를 가정 폭력으로 입건할 수도 있다고 겁줬다. 엄마는 바닥에 주저앉아 가슴을 치며 울었다. 형사가 엄마를 위로했다. 초범이고, 받은 금액이 소소해서 집행 유예로 끝날 수 있다고 했다. 집행 유예라는 말에 엄마는 더 큰 소리로 울었다. 집행 유예면 민수는 열여섯 살에 범죄자가 된다는 뜻이다.

나도 범죄자가 되는 걸까? 범죄자가 되면 취업은 끝이다. 원리는 이해하지만 실전에선 도통 모르겠는 코딩을 배우지 않아도 된다. 취업도 못 하는데 굳이 대학을 졸업할 필요도 없을 것이다. 왜 따야 하는지 모르겠는, 만약을 대비하는 마음으로 준비하는 각종 자격증에 시간을 쓰지 않아도 된다.

엄마는 대학 졸업 후에 임상 병리나 간호전문대에 다시 들어가는 것도 나쁘지 않다고 조언했다. 자존심이 상했지만 반박할 말이 떠오르지 않았다. 문과생의 마지막 취업문인 은행마저 IT 데이터 관련 직군만 채용 공고가 났다. 중하위권 대학, 문과 여자들에게 열린 문은 공무원 시험이나 인플루언서, 승무원 정도다. 인플루언서를 하기엔 미모나 끼가 부족했고, 승무원에 도전하기에는 키가 작았다. 공무원 시험은 생각만 해도 숨이 막혔다. 영어영문학과 학생들이 당연하게 준비하는 토익, 오픽, 교직 이수는 물론 전공과는 전혀 관계없는 각종 자격증을 준비했다. 일본어, 중국어, 한국어 능력 시험, 컴퓨터 활용 능력 시험, 한국사까지. 나는 쉬지 않고 시험을 쳤다.

무언가를 해야 하는데, 무언가가 무엇인지 모르겠

는 막막함 속에서 나는 무언가를 기다렸다. 그 무언가는 타임머신이었고, 소행성과 충돌하는 지구였고, 핵전쟁이었고, 지구 최강 빌런의 탄생이었다. 엄마가 노스트라다무스의 예언을 기다렸듯 나는 세계 전산망을 엉망진창으로 만들어 코딩으로 가득 찬 세계를 카오스에 빠뜨리는 IT 빌런을 기다렸다. 아이러니하게도 벼랑 끝에 서 있는 내게 나타난 구원자는 유튜브 추천 영상이었다. 파이썬만 제대로 해도 취업할 수 있다는 섬네일이 과장이라는 걸 알면서도 나는 코딩 학원에 등록했다.

범죄자가 되면 취업은 물 건너간 거다. 경찰 조사를 마치는 대로 코딩 학원에 가려고 했는데 갈 필요가 없게 됐다. 민수가 나의 삶을 간단하게 리셋시켰다. 이제 나는 아무것도 배울 필요가 없다. 순식간에 선택의 폭이 좁아졌다. 카페나 편의점에서 아르바이트하다가 자영업자가 될 수도 있겠네. 머릿속에서 단순한 삶이 펼쳐졌다. 슬프고 화가 나야 정상인데 이상하게도 마음이 편해졌다.

"생각 없는 어른이 되겠지."

바닥에 엎드린 채 울고 있는 엄마의 등을 보며 민수

가 심드렁하게 대답했다. 아빠는 머리를 움켜쥐었고, 형사는 고개를 절레절레 저었다. 나는 손바닥을 바지에 문질렀다. 청바지가 땀으로 얼룩덜룩해졌다. 청바지의 색깔이 아래위로 짙어졌다. 좌우로도 넓고 희미한 땀자국이 남았다. 내가 땀이 많은 사람이었나, 잘 모르겠다. 긴장해서 땀이 많이 났겠지. 수시 면접을 볼 때도 긴장감이 심했는데 그때도 이렇게 땀이 났던가. 모르겠다. 민수는 팔짱을 끼고 취조실 천장에 붙어 있는 CCTV를 응시하고 있다. 생각이 없어 보인다. 명쾌하고 일관성 있는 민수의 삶이 조금 부러웠다.

"여보, 여보. 왜 이래. 정신 차려."

엄마가 바닥에 주저앉아 숨을 헐떡였다. 엄마는 물 밖으로 튕겨 나온 물고기처럼 입술을 크게 벌리고 몸을 부들부들 떨며 주머니에서 비닐봉지를 꺼냈다. 형사가 엄마를 둘러업으려 했다. 엄마는 고개를 저으며 코와 입에 비닐봉지를 댔다. 엄마에게 공황 장애가 있었나, 아니면 연기인가. 연기라면 아카데미 여우 주연상감이고, 공황 장애는 생각하기도 싫었다. 나는 갈피를 잡지 못하고 불투명하게 커졌다가 쪼그라드는 비닐봉지만 바라보았다. 한 시간 같은 5분이 흘렀다. 엄마가 입에 대고 있던 비닐봉지를 내렸다. 형사가 안도의 한숨을 내쉬며 공황 장애가 있냐고 물었다.

"그런 거 없어요. 과호흡이에요. 불안해서. 무서워서 그래요."

엄마의 과호흡 때문인지 아니면 민수만 사건에 관련됐기 때문인지 나머지 가족의 조사는 빠르게 진행됐다. 조사가 끝나자 아빠는 점심 먹고 변호사를 선임하러 가자고 했다. 나는 입맛이 없었고, 엄마는 일이 있다고 했다. 아빠의 콧구멍에서 김이 나왔다. 사리 분별이 안 되냐고, 점쟁이가 아니라 능력 있는 변호사가 필요한 시점이라고 목소리를 높였다. 엄마는 차에서 왜 이렇게 고무 냄새가 나냐며 차를 발로 걷어차고 택시를 불렀다. 민수는 핸드폰 게임을 하며 차에 탔다. 나는 민수와 함께 있고 싶지 않아서 엄마를 택했다. 택시에 오르자마자 엄마는 전화를 걸었다. "얼마나 기다려야 하는데요? 6시. 좋아요. 고마워요." 전화를 끊자마자 엄마는 다시 전화를 걸었다. "지금 가려고. 안 돼? 나 지금 되게 급한데 어떻게 안 될까, 모레? 좋아요." "오늘 시간 될까요? 2시 괜찮아요. 네, 이따 봬요." 엄마는 택시가 코딩 학원에 도착할 때까지 점집을 예약했다.

엄마에게 점은 정언 명령이다. 엄마가 점을 보는 건 어떤 목적과 관계없이, 필연적으로 해야만 하는 행위이다. 그래서 엄마는 어떠한 불안도 놓치지 않는다. 상담 치료나 변호사를 찾아야 할 순간에도 엄마는 먼저 점을 봤다. 신점, 사주, 타로, 새점. 나는 종종 상상한다. 믿음이 없는 엄마. 불안이 없는 엄마. 그때마다 나는 존재하지 않는다. 그것은 나라는 존재가 무모한 믿음의 파생 상품이기 때문이다.

나는 세기말에 태어났다. 노스트라다무스의 열렬한 신봉자였던 엄마는 1999년에 임신했다. 밀레니엄 시대에 태어날 아이라는 희망보단 세기말에 임신했다는 사실에 엄마는 몇 날 며칠 울었다. 아빠는 세기말이 아니라 밀레니엄 베이비—내 출산 예정일은 2000년 1월 5일이었다—라고 위로했지만, 엄마는 1999년에 지구가 멸망하는데 2000년이 무슨 소용이냐며 더 크게 울었다. 1999년 7월에 거대한 공포의 대왕이 하늘에서 내려온다는 노스트라다무스의 예언은 이루어지지 않았다. 그럼에도 엄마의 믿음은 굳건했다. 일곱 번째 달이 우리가 아는 7월이 아닐 수도 있다고, 일곱은 완전수이기 때문에 1999년이 끝나는 12월이 계절의 완전

수라고 우겼다. 다행히(?) 나는 1999년 12월 28일에 태어났다. 20세기의 종말, 밀레니엄 세대의 도래를 기념하기 위한 축제가 세계에서 펼쳐질 때 우리 가족은 지구 멸망을 기다렸다.

　할머니는 IMF 구제 금융 때문에 엄마가 이상해졌다고 믿는다. 나라가 무너졌는데 어떻게 개인이 무너지지 않을 수 있겠느냐고, 엄마를 이해했다. 당시 엄마는 철밥통이라고 불렸던 은행에 다녔는데 하루아침에 실직자가 됐고, 자동차 부품을 만들던 외할아버지는 파산했다. 관습적 믿음이 무너진 거리에 노숙자가 넘쳤다. 엄마는 한낮에, 술에 취해 누워 있는 노숙자들에게서 종말의 징조를 느꼈다. 이렇게 세상이 멸망하는구나. 노스트라다무스의 예언에 급작스럽게 빠졌다. 실직자가 됐기 때문에, 집이 망했기 때문에 세상이 멸망하길 바라는 마음으로 종말론을 믿은 것은 아니라고, 그땐 정말 세상이 망하는 줄 알았다고 엄마는 변명한다. 하지만 세상이 망하는데 굳이 복잡하게 결혼식을 올리고 혼인 신고까지 할 필요는 없지 않았을까.

*

틀렸다.

```
try :
    num = '16'
    chara = hello
    sum = num + chara
    print(sum)
except Error:
    print('there is error')
```

고작 네 줄인데 틀렸다. 작은따옴표도 잘 썼고, 기호도 잘 붙였는데 뭐가 틀렸는지 도무지 모르겠다. 오전 수업을 듣지 못했기 때문이라고 나는 애써 변명한다.

"성공하신 분?"

강사가 물었다. 성공한 수강생들이 손을 들었다. 전공자들은 당연히 성공이었고 비전공자들도 꽤 성공했다. 거기에 미대생도 속해 있다. 좌절이다. 미대생은 초등학교 방과 후 컴퓨터 교실에서 코딩을 배웠다고 했

다. 고작 초등학교 방과 후 수업에서 코딩을 배웠는데
도 습득이 빨랐다. 전공자급은 아니더라도 그녀는 성
공률이 높았다. 나는 곧고 아름다운 몸매를 가져야 한
다는 명분으로 유치원 때부터 초등학교 4학년 때까지
발레를 배웠는데 거북목이다. 발레 대신 코딩을 배웠
어야 했다.

"형이 다른 값을 합칠 수 있다? 없다?"

강사가 물었다. 아무도 대답하지 않는다. 수강생들
이 한결같이 침묵으로 일관하고 있는데도 강사는 끊
임없이 질문한다.

"형이 다른 언어는 서로를 인식하지 못합니다. 코
딩 언어의 기본 전제죠."

기계어와 인간의 언어가 다른 지점이다. 인간의 언
어는 발화된 문자와 비언어적 표현의 집합체이다. 입
으로는 사랑한다고 하지만 눈빛, 표정, 분위기를 통해
상대가 말하는 사랑이 진심인지 아닌지를 확인해야
한다. 비효율적인가 싶기도 하지만 다른 언어를 사용
하는 사람과 만나도 비언어적 표현을 통해 소통할 수
있다. 하지만 코딩은 다름을 수용하지 않는다. 같은 공
간에 있어도 int(숫자)형과 string(문자)형은 서로를 언

어라고 인식조차 하지 못한다. 그래서 int형에 작은따옴표를 붙여서 강제로 문자열로 바꿔서 연산을 진행해야 한다. 분명 교재를 달달 외우고 있는데, 왜 자꾸 틀리는 걸까.

"작은따옴표는 습관을 붙여야 합니다. 다시 한번 말씀드리는데 숫자형에 작은따옴표를 붙여서 강제로 문자열로 바꿔 줘야 연산이 진행됩니다."

숫자 16에 작은따옴표를 붙였는데 왜 틀린 걸까?

"문자열에도 작은따옴표를 공평하게 붙여야 합니다. 작은따옴표는 습관처럼 붙입니다."

아, 이런 공평을 깜박했다. 나는 예제에 별표를 치고 강사의 말을 기억하기 쉽게 나만의 언어로 바꿔서 필기했다.

소통은 공평한 습관—작은따옴표. 숫자형과 문자형의 소통을 위해선 작은따옴표 필수! 작은따옴표는 소통을 위한 공평한⋯⋯ 속임수? 무기? 아니면 가면?

나는 잠시 고민에 **빠졌다**. 작은따옴표는 소통을 위한 수단인데 상대를 속이기 위한 가면인지 아니면 강제로 형태를 바꾸는 무기인지 헷갈렸다. 국비 지원으로 코딩 학원에 등록하기 전에 코딩 유튜브를 여러 개

시청했다. 초등학생을 대상으로 제작한 영상에서 유튜버가 이런 말을 한 적이 있다. 사람은 왕따를 시키지만, 코딩은 절대 왕따를 안 시킵니다. 사람은 나쁘지만, 코딩은 착하다? 아니요. 코딩은 왕따 대신 속여요. 작은 따옴표로 서로의 형을 속여서 따라오게 만듭니다. 줄여서 형속따. 길죠? 그냥 형따로 외우세요. 사람은 왕따, 코딩은 형따. 절대 잊으면 안 됩니다.

사람은 왕따. 코딩은 형따.

누구를 속이는 걸까. 자신일까, 상대일까.

"다 푸셨나요?"

강사가 물었다. 나는 머리를 흔들어 쓸데없는 생각을 떨쳐냈다. 지금은 한가롭게 생각할 시간이 아니다. 전과자가 되면 시간이 넘쳐날 것이다. 아직은 전과자가 되지 않았으니 집중해야 한다. 작은따옴표, 형따, 공평한 속임수로 하나 되는…… 웅얼거리며 문제를 풀었다.

```
try :
num = '16'
chara = 'hello'
```

```
sum = num + chara
print(sum)

-----------------------

16hello
```

숫자형과 문자형에 공평하게 작은따옴표를 붙여서 연산을 끝냈다. 수강생 전원이 성공했다. 강사는 빠르게 인공 신경망 함수로 넘어갔다. "신경망은 입력, 은닉, 출력 세 개의 층으로 구성됩니다." 나는 눈과 귀를 활짝 열었다. "활성화 함수는 시냅스 역할을 합니다. 교재 칠십오 페이지입니다." 활성화 함수는 사람의 신경망과 비슷하다. 직간접 경험들이 신경 돌기 세포를 지나 뇌에 차곡차곡 쌓이고, 쌓인 정보는 경험을 통해 인격을 만든다. 자리에 맞는 행동을 하게 한다. 내가 생각하고 행동하는 게 아니라 정보가 나를 움직이게 한다. 그래서 오늘의 나는 어제와 다르기도 하고 비슷하기도 하고, 내일의 나를 예측하게 한다. 나는 전과자가 될까.

"파이썬은 다른 언어에 비해 라이브러리를 만드는 게 간편합니다. 함수들이 모여 하나의 클래스를 이루는데 보통 클래스 하나가 파이썬 파일 하나를 이루고, 이 파일들이 라이브러리가 되는 거죠. 얼마나 간단해요. 특히 클래스 하나에 여러 함수를 지정할 수 있다는 게 획기적이죠. 그래서 파이썬 하나만 잘해도 네카라쿠배에 취직할 수 있다는 말이 나온 거죠."

강사는 유튜브 섬네일, 코딩 학원 광고 문구와 똑같은 말을 하고 있다.

문과생도 네이버, 카카오, 라인, 쿠팡, 배민 취업 성공!!! 초등학생도 일주일이면 마스터하는 파이썬! 코딩에 도전하세요— ○○ 코딩 학원

수많은 문과생을 설레게 만든 문구엔 분명 오류가 있다. 초등학생도 일주일 만에 능숙하게 다룰 수 있다면 그만큼 쉽고 흔해 빠졌거나, 아이큐가 160 정도 되는 초등학생이거나 둘 중 하나다. 일주일만 배워도 취업이 가능한 무언가가 존재한다니. 조금만 논리적으로 생각하면 과장 광고라는 걸 아는데, 나는 믿고 싶었다. 취업하기 위해서 막무가내로, 닥치는 대로 자격증을 따는 것보단 뚜렷하게 보이는 목표를 갖고 싶었다. 파이썬이 요즘 가장 주목받는 코딩 언어인 건 사실이고, 코딩을 공부해서 IT 회사에 입사한 문과생들이 있

다. 나만 열심히 하면 된다. 취업은 나의 문제다.

"시그모이드 함수는 실수 전체를 정의역으로 가지는 단조함수입니다. 1차 미분 그래프 보이시죠? x ±∞일 때, 한 쌍의 수평 점근선으로 수렴합니다. 0보다 작은 값에서 볼록하고 0보다 큰 값에서 오목하게 되겠죠? 말로 설명하면 어려운데 예제를 풀면서 이해하면 그렇게 어렵지 않습니다. 예제를 풀어 볼게요. 다들 코랩에 접속하셨죠?"

코랩 화면을 보자마자 눈앞이 아득해지고 가슴이 답답했다. 나만 어려운가. 주위를 둘러보았다. 모니터를 향해 둥글게 굽은 등허리와 거북목 들이 보였다. 사회의 한 구성원. 제 몫의 일을 하려는 자. 곧 유능해질 사람의 뒷모습처럼 보이는 수강생들. 첫 수업 시간에 그들의 뒷모습에서 동질감을 느꼈다. 취업 시장에서는 경쟁자가 될지언정 같은 꿈, 같은 길을 걷는다는 것으로도 충분했다. 그들 중에 나도 있다고 확신했다.

"넘파이 exp함수…… 스텝 평션 문장에 뭘 붙여야 하죠?" 강사가 물었다. "그렇죠, 작은따옴표. 습관처럼 붙입니다." 수강생의 입을 통해 발화되지 않는 언어, 은닉된 데이터는 강사의 입술에서 '그렇죠'로 변한다. 강사는 쉼 없이 말한다. 카랑카랑한 강사의 목소리에 집행 유예로 끝날 수 있다는 형사의 목소리가 겹쳤다. 이게 다 무슨 소용일까. 민수 때문에 전과자가 되면…… 예측할 수 있는, 고를 수 있는 답이 떠오르지 않는다. 이상하다. 마음이 편해진다.

*

집에 돌아오니 음식 냄새가 났다. 우리 가족의 통장이 대포 통장으로 사용됐다는 사실을 알게 된 후부터 엄마는 살림을 놓았다. 화장실에 지린내가 진동해서 내가 변기 청소를 했을 정도였다. "고생했어, 우리딸." 앞치마를 두른 엄마가 생글생글 웃으며 나를 맞았다. "오늘 늦는 거 아니었어?" 택시 안에서 엄마는 점집예약하느라 바빴다. "내가? 왜?" 엄마가 천진하게 되물었다. "저녁 뭐야? 맛있는 냄새 나네." 나는 화제를 돌렸다. "문어숙회랑 우럭매운탕. 민수가 문어 좋아하잖아." 민수 때문에 전과자가 되게 생겼는데 갑자기 민수가 좋아하는 문어숙회라니. 궁금했지만, 묻는 것도 지겹고 엄마의 말을 들어주는 것도 피곤해서 화장실로 숨어들었다. 샤워를 마치고 나오자마자 매운탕 냄새가 훅 끼쳤다. 허기졌다. 생각해 보니 오늘 한 끼도 못 먹었다. 젖은 머리를 수건으로 감싸고 부엌에 갔다. 풍성한 식탁에 세 식구가 앉아 있었다. "무슨 샤워를 한 시간이나 하니. 빨리 앉아. 이제 막 시작했어." 엄마가 문어숙회를 기름장에 찍으며 말했다. 서운하게 나만 빼고 저녁을 먹고 있었다. 모두 편안한 얼굴이었다. 내 인생을 망친 민수마저 표정이 좋았다. 전과자가 되면 코딩 학원이 무슨 소용이고, 그동안 준비했던 각종 자격증이 쓰레기가 되는데…… 어떻게 다들 웃을 수 있단 말인가. 화내고 싶은데 기운이 너무 없었다. 나는 쓰러지듯 의자에 앉았다. 엄마가 앞접시에 매운탕을 덜어 주며 말했다.

"민수가 전생에 율곡 이이 다음가는 학자였대. 전생에 공부만 했대. 그래서 이번 생은 다르게 살고 싶어 한다네. 다른 쪽으로 대박이 난대. 왕꽃선녀님도 민수가 집안을 일으킬 거라고 했는데. 신기하지 않니?"

살짝 달뜬 목소리였다.

"누가 그래?"

"오늘 타로 보고 왔잖아. 진짜 용하더라."

"타론데 전생을 봐?"

"그니까, 깜짝 놀랐잖아. 타로 리더가 신내림 받은 무당처럼 민수에 대해 줄줄 읊는데 소름 돋았잖아. 걱정하지 말고 좋은 변호사 찾아가래. 아무 문제 없을 거래."

요지는 간단했다. 타로점을 치러 간 엄마가 대학자 카드를 뽑았다. 일흔여덟 장의 카드 중에 하필이면 대학자 카드라니. 타로 리더는 구겨진 엄마의 표정을 읽고 카드를 어떻게 해석해야 할지 고민했을 것이다. 그리고 아무 말 잔치가 벌어졌을 것이고, 아무 말 중에 엄마의 마음에 쏙 드는 말이 엄마의 가슴에 뿌려졌겠지. 그래서 엄마는 예약한 다음 점집에 가는 대신 전생에 율곡 이이 다음가는 학자였던 아들을 위해 콧노래를 부르며 저녁을 준비했을 것이다.

"형사 새끼, 그거 진짜 나쁜 놈이야. 어린애가 속아서 통장 넘겨준 거 가지고. 게임비니, 라면이니 이러면서 애한테 전과자 꼬리표 달려고 그러면 안 되는 거지. 누구 인생을 망치려고. 변호사가 그러는데 사기죄 성립 요건이 안 된다고 하더라. 민수한테 고의가 전혀 없었고, 민수도 사기당한 거라서 걱정할 필요 없대.

변호사 사무실 세 군데에서 상담받았는데 다 똑같이 말했어."

아빠가 말을 마치고 앞접시를 입에 대고 매운탕 국물을 후루룩 들이켰다. 다행이고, 기뻐야 하는데 다시 원점이라는 생각만 들었다. 취업문이 다시 열렸다. 복잡한 선택지가 펼쳐졌다. 코딩, 컴활 1급, 한국사 1급, 또 뭐가 있지? 임상 병리학과나 간호전문대 입시를 다시 치를 수도 있겠다. 아니면 공무원 시험에 도전하게 될지도 모른다. 요즘 9급 공무원 시험 경쟁률은 얼마나 되지? 심장이 조였다.

"근데 엄마, 율곡 이이 다음가는 학자가 누구야? 검색해 봤는데 조선 시대 3대 학자는 안 나와."

민수가 물었다. 설마 엄마의 말을 진심으로 믿는 건가. 설령 타로 리더가 전생을 볼 줄 안다고 해도, 민수가 정말로 전생에 대학자였다고 해도 그것이 이번 생과 무슨 상관인가. 현생에서 민수는 시험 기간에도 PC방에서 게임을 하는 게임 중독자였고, 얼굴만 알아도 자기 물건을 아낌없이 빌려주고 받지 못하는 호구였고, 게임 머니를 분산 투자하기 위해 우리 가족들의 통장을 낯선 사람들에게 넘기는 생각 없는 아이다.

"정약용?"

"이황 아니야?"

아빠와 엄마가 동시에 대답했다. 아빠까지 전생 놀이를 즐기고 있었다.

"이황이랑 이이는 동급 아니야? 둘이 편지도 주고받고 그랬잖아."

"그러면 정약용이네. 정약용."

엄마가 손뼉을 치며 좋아했다. 민수는 핸드폰으로 정약용을 검색했다. 그리고 정약용 리스펙, 외쳤다.

"이번 생에선 너 하고 싶은 거 다 해."

엄마가 민수를 흐뭇하게 바라보며 말했다.

'하고 싶은 거.'

내게도 하고 싶은 게 있나, 잠시 생각했다. 어떤 일을 하고 싶은지 모르겠다. 나를 먹여 살리기 위해선 반드시 취업해야 한다는 생각만 들었다.

나의 우울함과 상관없이 오늘 식탁은 화기애애하다. 민수가 정약용의 삶을 읊고, 서로의 밥그릇에 반찬을 올려 주는 저녁. 비현실적이다. 나는 가만히 손등을 꼬집었다. 따끔했다.

"바리스타 학원 다닐까? 우리나라 사람이 세계에

서 커피를 제일 많이 마신대."

"기특하네. 자격증 있으면 좋지. 민수가 나름 다 생각이 있었네."

아빠가 민수를 바라보며 빙그레 웃었다.

"인문계 말고 특성화고 갈까? 공부는 전생에 많이 했으니까."

웃음이 빵 터졌다. 엄마가 나를 노려봤다. 엄마야 온갖 걸 믿는 사람이니까 그렇다 쳐도 민수가 제 입으로 전생에 공부를 많이 했다고 말하는 건 기가 찼다. 하긴 민수는 전생을 믿으면 좋겠지. 편하겠지. 사회에서 제 몫의 일을 감당하지 못해도 전생에 너무 힘들게 공부했다는 얼토당토않은 말이 면죄부가 되니까 신나겠지. 양심 없는 새끼.

"그치. 공부 말고 다른 쪽으로 대박 난다고 했어. 하고 싶은 거 다 해. 엄마가 집을 팔아서라도 뒷바라지해 줄게."

엄마의 말에 민수가 멋쩍은 표정으로 문어숙회 한 점을 엄마 밥 위에 올려놓았다. 엄마의 눈에 눈물이 차올랐다. 아빠가 엄마의 등을 쓰다듬으며 말했다.

"많이 먹는 거로 달에 1억씩 버는 사람들도 있다더

라. 공부가 답은 아니야. 민수, 너는 너 하고 싶은 거 하고 살아."

나한테는 죽어라 공부하라고 했으면서. 증명할 수도 없는 전생이 민수의 면죄부가 되다니. 억울했다. 나는 너무 힘든데. 나는 너무 막막한데. 나는 너무 무서운데. 어떻게 나만 빼고 즐거울 수 있단 말인가.

"전생이 뭐가 중요한데? 전생에 율곡 이이가 아니라 세종대왕이라도 현생이랑 무슨 상관인데? 지금이 엉망진창인데."

민수가 벌떡 일어났다. 내 정수리를 노려보는 민수의 시선을 느낄 수 있었다.

"씨발, 내가 관심 좀 받으니까 꼽냐."

아빠가 숟가락을 내려놓았다.

"누나한테 그러는 거 아니야."

민수가 방으로 들어갔다. 방문 닫는 소리에 엄마가 짧게 진저리 쳤다.

"왜 안 중요해? 전생에 너무 공부를 많이 해서 지겹다는데. 그래서 이번 생은 다르게 살고 싶다는데. 당연히 중요하지. 변호사도 문제없다고 하고. 민수도 응, 자기 미래 생각하겠다는데 누나가 돼서 이렇게 좋은 날에 꼭 그렇게 초를 쳐야겠어?"

엄마는 나를 노려보며 화냈다. 이렇게 좋은 날이라니, 내 통장이 보이스 피싱 대포 통장으로 이용됐고, 그것 때문에 경찰서에 갔고, 그 바람에 코딩 수업 두 타임을 놓쳤는데. 머리가 복잡해서 강의가 귀에 들어오지 않았는데.

"설거지는 내가 할게. 들어가 쉬어. 오늘 피곤했잖아."

아빠가 엄마의 어깨를 지그시 잡았다. 엄마는 한숨을 내쉬고 안방으로 들어갔다. 화기애애했던 저녁 식사가 마무리됐다. 이게 맞다. 오늘은 이렇게 좋은 날이면 안 되는 거다. 모두 미래를 걱정하고, 전과자가 될까봐 전전긍긍해야 맞다. 엄마는 점집을 예약해야 하고, 민수는 게임을 하고, 아빠는 테슬라 유튜브를 시청하고, 나는…… 무엇을 해야 할까.

"오늘 많이 힘들었지? 경찰에서 조사받는 것도 힘들었을 텐데, 쉴 틈도 없이 학원 가고."

아빠가 식탁을 치우며 내게 말을 건넸다. 쉴 틈이 없어서 힘든 건 괜찮았다. 코딩은 아닌 거 같다고, 정말 너무 막막하다고 말하고 싶은데 입으로 말을 뱉는 순간 주저앉게 될 거 같았다. 아직은 기회가 있다고 믿고 싶었다.

"아빠까지 왜 그래? 엄마 점 보러 다니는 것도 너무 지겹고, 점괘 읊는 것도 징그러워. 민수 전생 얘기도 짜증 나고, 내가 실리콘 밸리에 간다는 말도 듣기 싫어. 희망 고문도 결국 고문이라고."

"희망이라도 있어야 살지."

막막한 현실을 견딜 수 있게 만드는 희망은 허상일 뿐이다. 허상을 믿고 현실을 견디는 건 고문이다. 눈물이 쏟아졌다.

"젊었을 때 엄마가 참 힘들었어. 전에는 재고 따지고 사람 피곤하게 했는데 종말론에 빠지고 나서 확 변했어. 길바닥에서 사랑한다고 소리 지르고, 보고 싶다고 새벽에 달려오고. 엄마가 죽을 때 마지막으로 보는 사람이 아빠면 좋겠다고 고백하고."

처음 듣는 이야기였다. 엄마처럼 불안감이 높은 사람과 어떻게 결혼하고 아직도 결혼 생활을 유지하는지, 솔직히 아빠가 이해되지 않았다. 할머니도 아빠한테 보살이라고 할 정도로 아빠는 엄마에게 유순하다.

"아빠도 종말론을 믿었어?"

아빠는 어이없다는 듯 웃음을 터뜨렸다. 믿지도 않으면서 종말론에 맞장구치다니, 능구렁이다.

"처음엔 정신병이 생겼나 싶었는데 엄마가 너무 순수하고 적극적으로 사니까 나도 조금은 믿고 싶어지더라. 종말이 오기 전까지 우리 못 해 본 것들 다 해 보자. 아빠는 그때가 되게 좋았어. 종말론이 아니라 우울증에 걸렸다면 절대 그 시간을 견디지 못했을 거야. 우울증보단 종말론이 낫지."

아빠가 환하게 웃었다. 형이 다른 코딩 언어를 연산하기 위해 작은따옴표를 붙이듯 종말론을 믿는 척하는 아빠를 상상해 보았다. 진실하지 않아도 행복할 수 있다는 게 이상했다.

"설거지 끝내고 아빠랑 드라이브 갈까? 테슬라 샀는데 자율 주행 한번 해 봐야지."

아빠가 고무장갑을 끼며 말했다.

"직원들이 그러는데 파이썬만 잘해도 취업은 걱정할 필요가 없다고 하더라. 민영이는 성실하고 끈기가 있어서 뭐든 잘해 낼 거야. 처음부터 잘하는 사람이 어딨어."

잘하는 사람은 처음부터 잘한다. 미대생이 그렇다.

초등학교 때 방과 후 코딩 수업을 들었을 뿐인데도 전공자만큼 잘한다. 그에 비해 나는 특별히 뛰어난 게 없다. 내가 듣는 칭찬은 성실하고 규칙을 잘 지킨다, 정도였다. 뛰어난 게 없으니 '성실'이라는 작은따옴표를 내게 붙여 주었는지도 모르겠다. 머리가 좋지 않으니 성실함으로 사회에서 제 몫을 해내는, 뛰어난 사람을 보좌하는 그런 존재로라도 살아남기를 바라는 마음으로. 내가 가진 성실은 참으로 보잘것없어 보인다. 차라리 타로 리더의 얼토당토않은 말이 근사하다. 어쩌면 나는 전생에 나라를 팔아먹은 친일파였는지도 모른다. 그러니 뭣 하나 잘하는 게 없는 거다.

설거지를 마친 아빠가 콧노래를 부르며 차 키를 챙겼다. 한껏 들뜬 모습이었다. 엘리베이터 안에서 아빠는 매뉴얼을 살폈다. 몇 달 전부터 인터넷으로 정보를 차곡차곡 모았는데도 아빠는 끝까지 꼼꼼했다.

"다음번 테슬라는 우리 민영이 덕분에 직원 혜택 받아서 사야지."

아빠가 눈을 찡긋하며 차 문을 열었다. 나는 테슬라 직원 복지가 아니라 자율 주행 사고를 검색했다. 어쩌면 오늘 밤에 죽을 수도 있겠다.

"느낌이 그래. 우리 민영이가 테슬라에 취직할 거 같아."

아빠는 고작 느낌이라는 작은따옴표를 뒤집어쓰고 행복해한다. 상대방의 문자열을 흉내 내지 않으면 expert에서 영원히 끝나지 않는 연산을 하게 된다. 끝이 없다는 건 무서운 일이다. 끝없는 배움, 끝없는 최선, 끝없는 경쟁. 방향을 잃고 취업 문을 두드리는 미래의 '나'는 끝이 없을 것만 같다.

"지금 힘든 시기인 거 맞는데 너무 불안해하지 마. 힘들어. 우리 민영이는 늘 최선을 다하잖아. 다 잘될 거야. 벨트 매고. 출발!"

고작 위로의 말에 안도하고 싶지는 않다. 작은따옴표가 필요한 사람이 되고 싶지는 않은데, 전생에 율곡 이이였다는 말에 기분 좋은 사람이 되고 싶진 않은데 '느낌'이란 단어에서 행복을 찾고 싶지는 않았는데…….

"와! 민영아, 아빠 좀 봐. 아빠 손 놨다. 우와, 신기하다. 그치?"

아빠가 핸들에서 손을 뗐다가 댔다가 하며 연신 감탄사를 뱉었다.

"좋다, 좋아. 느낌 좋아. 민영아 너도 좋지?"

그냥, 오늘은 너무 힘든 하루였으니까.

"구글이 직원 혜택은 더 좋대."

나도 내게 작은따옴표를 붙여 주었다.

그 불안이 당신을 구원할 것이다.

진기환(소설가)

그 불안이 당신을 구원할 것이다.

진기환(소설가)

1. 보편이라는 세계와 불안이라는 감각

한때 나는 〈무한도전〉이라는 TV 예능 프로그램의
마니아였다. 그 프로그램은 대한민국 평균 이하라고 주
장하는 연예인들이 매주 다른 포맷을 통해 자신들의 한
계를 넘는 도전을 이어나갔다. 나는 그들이 도전 과정에
서 좌충우돌 부딪히는 것을 보며 웃었고, 그들이 목표를
달성하기 위해 필사적으로 노력하는 것을 보며 '나는 과
연 얼마나 노력했는가'라며 내 자신의 삶을 돌아보기도
했다. 그런 것들이 좋아서 〈무한도전〉을 즐겨 보기는 했
지만, 〈무한도전〉을 좋아했던 가장 큰 이유는 다른 데 있
었다. 그들을 좋아했던 가장 큰 이유는 그들의 삶이 내
삶과 그리 다르지 않다는 친밀감 때문이었다. 물론 실제
그들의 삶은 내 삶과 많이 달랐을 테지만, 적어도 방송에
서는 내가 타는 지하철을 탔고, 내가 갈 수 있는 식당에
서 밥을 먹었으며, 내가 갈 수 있는 곳에서 미션을 진행했

다. 나는 그런 그들의 모습을 보며 내가 살고 있는 우리 사회의 '보편'을 감각했으며, 내가 '보편'에 속해 있다는 사실에 안도했다.

무한할 줄 알았던 그들의 도전이 막을 내릴 즈음, 아빠들의 육아나 혼자 사는 청년들의 일상을 보여주는 '관찰예능'이라는 장르가 유행하기 시작했다. 관찰예능이 지금처럼 홍수를 이루기 전에는 그런 프로그램들을 보면서 공감하기도 하고, 저들도 나와 다르지 않다는 '보편'의 정서를 감각하기도 했던 것 같다. 그런데 그것은 잠시였다. 시청자의 반응을 이끌어내기 위함이었을까. 어느 순간부터 관찰예능들은 일반적인 경제력으로는 도저히 누릴 수 없는 일상 너머의 공간을 방송의 주무대로 삼아 시청자가 쉽게 접할 수 없는 '일상'을 너무나 자연스럽게 누리는 모습들을 보여주었고, 나는 그런 모습들을 보며 어쩌면 내 삶이 보편에 미달한 것이 아닌가 하는 불안을 느끼곤 했다. 그리고 그러한 불안을 해소하기 위해 SNS를 비롯한 미디어 공간에서 타인과 나를 끊임없이 비교했고, 비교는 나를 더 깊은 불안의 늪으로 밀어 넣었다.

강나윤 소설의 해설 지면에서 개인적인 고백을 늘어놓은 이유는 강나윤의 인물들이 내가 느꼈던 것 같은 불안'을 예리하게 감각하고 있기 때문이다. 그의 인물들은 타인의 삶을 보편이라 상정하며 그러한 보편에 닿기 위해 자신을 채근한다. 타인의 승인과 인정이 없다면 보편에 진입할 수 없는 상황, 그러한 상황에서 강나윤의 인물들은 때론 그러한 상황을 거부하기도 하지만 종국에는 보편에 자신을 내맡긴다. 보편의 영역에 안착해야 사회의 일원으로 인정받을 수 있기도 하거니와, 거기에는 "밥벌이"(「방금 있었던 일」)가 자리하고 있기 때문이다. 그래서 그들은 자신의 정체성을 버리는 일도 서슴지 않는다.

여기서 중요한 건 강나윤이 단순히 밥벌이 대 정체성이라는 구도를 상정하고, 한쪽을 얻으면 한쪽을 잃는 식으로 이야기를 전개하지 않는다는 점이다. 강나윤은 정체성조차도 타인들에 의해 구획된 것일지도 모른다는 점을 보여줌으로써 그들이 얻고자 하는 정체성이 '진정한 나'와는 거리가 먼 것이며, 어떤 것을 얻든 근본적으로 불안과 결별할 수 없다는 점을 그려낸다.

총학생회에 지원한 나와 연희에게 김 선배는 총학을 아이템으로 여기지 말라고 했다. 있는 집 아이들이 의식 있

---

1 강나윤의 인물들이 느끼는 불안은 개인적인 문제라기보다는 취업문제(「방금 있었던 일」, 「카피라이터, 김 과장」), 여성문제(「오늘의 해시태그」, 「남은 건 명랑한 최선」), 노인문제(「하루」)처럼 사회의 구조적 문제에 기인한 것들에 가깝다.

는 척, 신념 있는 척하려고 지원한다며 우리를 젠체하는 사람으로 매도했다. 우리에겐 학생회를 아이템으로 여기지 말라고 했으면서 김 선배는 '가난'을 아이템으로 장착하고 마구 휘둘렀다. 내가 무슨 말만 하면 화초가 잡초의 삶을 어찌 알겠어, 했다. 가난을 겪어 보지 못한 너는 사회를 반만 볼 수 있는 애꾸눈이라는 말도 스스럼없이 했다. 학생의 인권은 빈부 격차와는 상관없는데 왜 내가 가난하지 않다는 이유로 독설을 들어야 하는지 이해되지 않았다. 인습적으로 주어진 길에서 벗어나 주체적이고 독립적으로 살고 싶었을 뿐인데, 그것의 시작이 총학생회 활동이었는데 김 선배는 나를 와인 마시는 강남 좌파 취급했다. 진심을 보여 줄 수 있는 가장 쉬운 방법은 부모로부터의 독립이었다. 나는 사람이 살 수 있는가 싶은 고시원에 들어갔다. 작은 침대에 누우면 방이 아니라 관에 누운 것 같았다. 김 선배가 23년간 버티고 있는 가난을 난 20일 남짓 버티고 백기 투항했다.

— 「오늘의 해시태그」, 144~145쪽

어떤 것을 선택해도 불안으로부터 벗어날 수 없는 상황. 그런 상황에서 강나윤의 인물들은 불안을 껴안은 채

279

자신의 삶을 걸고 아슬아슬한 줄타기를 하고 있다.

2. 진정성의 해체와 '진정성'

강나윤 소설에서 감지되는 불안은 우선 진정성의 해체라는 측면으로 접근해 볼 수 있다. 본래 진정성은 "좋은 삶과 올바른 삶을 규정하는 가치의 체계이자 도덕적 이상으로서, 자신의 참된 자아를 실현하는 것을 가장 큰 삶의 미덕으로 삼는 태도"[2]를 말한다. 진정성이 중요시되는 사회에서는 삶 자체보다는 삶의 이유가 중요하며, 생존은 진정성을 담보하지 않는다. 김홍중에 따르면 이런 진정성 모델은 1997년 IMF 이후 한국사회에서 해체된다. IMF 이후 "밥벌이"를 잃은 사람들은 더 이상 '진정한 나'를 운운하지 않았고, 생존하고 성공하는 것만이 개인의 삶을 보증해준다고 믿으며 속물과 동물의 세계에 진입하게 되었다.[3] 생존하고 "밥벌이"를 유지하는 것이 '진정성'이 된 사회, 「카피라이터, 김 과장」은 그런 사회에

---

2 김홍중, 『마음의 사회학』, 문학동네, 2009, 19쪽.

3 김홍중은 이것을 '포스트–진정성–체제'라고 명명한다. 그에 따르면 "진정성이 와해된 자리에 들어서는 삶의 태도는, 도구화된 성찰성을 자원으로 성공과 치부를 반성 없이 추구하고 '부자 되세요'를 덕담하면서 재테크와 부동산 투기와 자기계발에 몰두하는 신자유주의적 '스노비즘'과 '동물성'"이다(김홍중, 위의 책, 20쪽). 이 글에서의 '진정성'은 김홍중이 말한 '포스트–진정성–체제'의 진정성을 뜻한다.

서의 '진정성'에 대해 그려내고 있다.

소설의 주인공 격인 김 과장은 성실함과는 거리가 멀고 회사에 자주 무리한 요구를 해서, 회사와 자주 갈등을 겪는다. 사장인 '나'는 그런 김 과장을 독특하고 요란하다고 여기지만 대체로 그의 요구를 들어준다. 그의 카피라이팅 능력이 출중하기 때문이다. 새 상품 출시를 앞둔 어느 날, 김 과장은 자신의 업무가 너무 과중하다며 인력보충, 업무환경 개선, 연봉인상을 요구한다. '나'는 연봉 3퍼센트 인상으로 김 과장의 마음을 사로잡으려 했으나, 김 과장은 그에 응하지 않고 사표를 제출한다. '나'는 김 과장을 붙잡기 위해 그의 집에 찾아가지만 김 과장은 사표를 철회하지 않는다. 결국 김 과장을 설득하지 못한 '나'는 회사로 돌아와 김 과장이 남긴 미완의 카피라도 확보하고자 그가 사용하던 컴퓨터를 해킹하는데, 그 과정에서 김 과장이 감성이 아니라 AI 글쓰기 프로그램을 통해 카피를 작성했다는 사실을 확인한다. 그 사실을 알게 된 나는 김 과장의 사표를 수리하고 직원들에게 인센티브를 약속한다.

그런데 '나'의 기대와는 달리 김 과장이 사용하던 글쓰기 프로그램을 사용했음에도 불구하고 고객들은 "초심을 잃었"다며 "그럴싸한 문장이 아니라 진정성 있는 편지를 읽고 싶"다는 반응을 보인다. 당황한 '나'는 카피 공모전을 통해 회사에 활기를 불어넣으려 하고, 그때 김 과장이 쉬는 동안 프로그램을 딥 러닝 시켰다며 "전에 받던 연봉보다 30퍼센트 높은 금액", "편지팀 신설, 김 과장이 팀장을 맡고 팀원을 한 명 이상 채용", "도시락 편지에 대한 출판 저작권"을 요구하는 내용이 담긴 이력서를 들고 찾아온다. '나'는 글이 좋다고 책이 잘 팔린 게 아니라, 회사의 마케팅 기술이 좋아서 책이 잘 팔린 거라며 요구를 들어줄 수 없다고 항변하지만, 김 과장은 단호하다.

"김 과장님, 착각하지 마세요. 우리 회사 이유식이 대박이 났으니까 책도 잘 팔린 겁니다. 글이 좋다고 팔리는 세상이 아닙니다. 다 마케팅을 잘해……."
"가디언은 출간은커녕 단종될 거 같은데요. 진정성 없다는 상품 후기가 넘치던데, 아직도 AI가 편지 썼다고 생각하세요?"
이해 안 되는 지점이다. 사람이 아니라 AI가 편지를 썼다는 사실을 소비자들이 알게 된다면, 그래도 소비자들이 진정성 운운할까.

"제가 못 먹고, 못 쉬고, 못 자면서 영혼까지 갈아서 쓴 글이에요."

과장이 심하다. 재주는 AI가 넘고 돈은 김 과장이 벌다니. 김 과장은 AI가 쓴 수백 통의 편지 중에 괜찮은 글을 고르고, 살짝 수정했을 뿐이다. 편지는 김 과장과 AI가 함께 쓴 것이니 AI에게도 권리가 있는 거 아닌가. 복잡하다. 뭐가 됐든 회사에서 월급 받으면서 일한 모든 성과는 회사 소유다. 저작권은 절대 내어 줄 수 없다.

"아니, 근데 솔직히 김 과장님 혼자 편지 쓴 건 아니잖습니까. 보니까 AI 도움을 많이 받으셨던데."

"지금쯤이면 깨달았을 줄 알았는데 아닌가 보네요. 구독자들이 말하는 진정성이 제 노동의 흔적이고 가치예요. 저를 채용하실 마음이 없으신 거 같으니 이만 가 볼게요."

— 「카피라이터, 김 과장」, 71~72쪽

글은 AI가 썼고, 김 과장은 그것을 취사선택한 것에 지나지 않았기에 전통적인 진정성 개념으로 보면 김 과장의 노동은 진정성과는 거리가 멀다. 그런데 문제는 소비자들이 AI의 글을 진정성 있는 것이라 믿고, 김 과장 또한 그것을 자신의 진정성이라고 주장한다는 점이다.

진정성을 위해서라면 김 과장의 제안을 거절해야 마땅하지만, '나'는 회사의 가치를 높여 더 비싼 값에 매각하기 위해 자신이 비판했던 김 과장의 '진정성'을 승인한다. 물론 애초에 '나'가 중요시 여겼던 건 진정성이 아니다. '나'는 겉으로는 진정성을 이야기하는 것처럼 보이지만, '나'가 바라는 건 오직 회사를 제대로 매각해서 "부자"가 되는 것뿐이다. 그래서 '나'는 김 과장의 무리한 요구를 매번 들어줬고, 김 과장이 없어도 사업을 이어나갈 수 있다는 판단이 들 때 그의 사표를 수리했다. 그런 점에서 '나'는 이미 김 과장이 말하는 '진정성'을 체화하고 있는 사람인데, 이전까지는 진정성이라는 가면을 쓰고 '진정성'을 욕망했다면 김 과장의 요구를 받아들고는 "가디언만 성공하면 우리는 부자가 될 수 있다. 지금 느끼는 감정이 뭐가 중요한가."라며 솔직하게 욕망한다. 그러한 욕망이 전면에 나선 순간, 회사에 남아 일하고자 했던 성 팀장, 자기 자리에서 묵묵하게 일하는 직원들의 욕망은 배제된다. 오직 경제적 성공이라는 욕망만이 '진정성'이라는 이름의 보편이 되는 것이다.

3. 공동체의 연민과 불안의 접근 불가능성

이처럼 보편이 된 '진정성'은 개인이 느끼는 다양한 욕망을 배제하며 개인을 보편이라는 강제성 안으로 포섭시키려 한다. 이를 극복하기 위해선 개인보다는 "강력한 공동체적 결속과 지지"[4]가 필요한데, 강나윤의 인물들이 발 딛고 서 있는 공동체는 그들에게 결속과 지지를 보내지 않는다. 다만 공동체가 요구하는 보편적 질서에 대해 의문을 품는 그들을 연민하며, 보편으로부터 한 발짝 벗어나 있는 그들을 보편에 포섭시키려 한다.

「방금 있었던 일」을 보자. 소설의 주인공은 광고 회사에서 비정규직으로 일하고 있는 보람이다. 그는 무기 계약직 전환을 꿈꾸는데, 직장 동료들과 식사는 물론이거니와 눈 맞추는 것도 힘들어하는 그는 직장에서 "무지개 구름 떠다니고, 구름 타고 다니는 곳에 있어야 할 것 같"은 "특이"한 사람 취급을 받는다. 그런데 보람이 볼 때 정말로 특이한 사람들은 바로 회사 동료들이다.

여민정 대리는 컨디션 좋은 샤넬 백을 저렴하게 사려고 매일 강남 지역 당근마켓을 들여다보지만 상태 좋은 샤넬

---

4 김석, 『불안』, 은행나무, 2022, 121쪽.

백은 비싸다. 성여진 과장은 감나무와 배롱나무가 있는 아담한 한옥을 알아보는 중이다. 마당에 나무가 많은 한옥은 아담과는 거리가 멀다. 김진호는 살냄새 향수를 찾느라고 월급의 반을 니치 향수에 쓴다. 살냄새를 살에서 찾지 않고 왜 향수에서 찾는지 보람은 이해할 수 없다. 보람은 찌르르한 명치를 주먹으로 꾹 눌렀다.

—「방금 있었던 일」, 20~21쪽

보람의 말처럼 좋은 샤넬 백은 비싸고, 나무가 있는 한옥은 아담하지 않다. 살은 향수를 뿌리지 않아도 살냄새가 난다. 보람은 이런 허황된 욕망을 지닌 그들을 이해하지 못하는데, 문제는 보람이 정규직 전환이라는 자신의 욕망 또한 허황된 것이라 여기는 데 있다. 정규직 전환을 위해선 능력을 보여줘야 하는 것이 우선이겠지만, 그밖에도 동료들과 점심 식사도 같이 하고 회식에도 참석하는 등 사교성도 겸비해야 한다. 그러나 타인과 눈을 마주치기조차 어려워하는 보람에게 그것은 업무를 잘하는 것보다 어려운 일이다.

그런 보람에게 유일하게 사교적인 사람은 본부장이다. 본부장은 보람이 자신의 아들이 앓고 있는 아스퍼거를 앓고 있다고 여기며 보람에게 연민을 느껴 그를 무기 계약직으로 전환시켜 준다. 보람은 자신이 아스퍼거 환자가 아니라고 항변하지만, 이를 전해 들은 보람의 문우(文友) 오순자는 아스퍼거 환자라는 사실을 적극적으로 어필해야만 무기 계약직 자리를 잃지 않을 수 있다고 말하며, 모든 사람은 "가면 쓰고 먹고사는 거"라고 조언한다. 결국 보람은 그의 조언대로 본부장에게 자신이 아스퍼거 환자가 맞다고 말한다. 자신이 고수하던 정체성을 내려놓으면서까지 "밥벌이"라는 보편적 질서에 순응한 셈인데, 그것은 오순자의 시처럼 '척'하는 것일 뿐 불안과 마주하는 일은 아니다. 자신이 그토록 원하던 무기 계약직 전환 이후에도 보람은 여전히 횡단보도를 건널 때만 안정감을 느끼고 불안을 떨쳐내지 못한다. 보람의 불안은 개인적인 차원의 것이 아니라 비정규직 문제에서 비롯된 사회적인 것인데, 그 해결방안을 온전히 보람이라는 개인이 떠안았기 때문이다.[5] 불안의 원인과 해결방안이 불일치된 셈인데, 강나윤은 이런 구도를 통해 불안이

---

5   다음과 같은 대목에서도 사회의 문제를 개인이 떠안은 형국을 잘 보여준다. "할머니는 IMF 구제 금융 때문에 엄마가 이상해졌다고 믿는다. 나라가 무너졌는데 어떻게 개인이 무너지지 않을 수 있겠느냐고, 엄마를 이해했다. 당시 엄마는 철밥통이라고 불렸던 은행에 다녔는데 하루아침에 실직자가 됐고, 자동차 부품을 만들던 외할아버지는 파산했다. 관습적 믿음이 무너진 거리에 노숙자가 넘쳤다. 엄마는 한낮에 술에 취해 누워 있는 노숙자들에게서 종말의 징조를 느꼈다." 「남은 건 명랑한 최선」, 254쪽.

란 사라진 젖꼭지처럼(「네 찌찌를 찾고 싶다면 신도림역 4번 출구로 와라」) 우리가 접근할 수 없는 것이라고 말하고 있다.

4. 불안의 상품화와 불안 너머의 삶

공동체에게 보호받지 못하고, 불안의 근원에 다가가지도 못하는 강나윤의 인물들이 의지처로 삼는 건 타로, 사주 같은 점술이다. 그들은 밥벌이가 잘 풀리지 않을 때도 점술을 통해 삶의 방향성을 가늠하고(「방금 있었던 일」), 아들이 대포 통장 범죄에 연루되어 법적인 상담을 받아야 할 때도 변호사가 아니라 점술가를 찾아간다(「남은 건 명랑한 최선」). 그들이 점술을 찾는 이유는 자명하다. 초월적인 힘을 통하지 않는 이상 불안을 극복할 마땅한 방법이 없기 때문이다. 그것은 그 자체로 우리 사회가 개인의 불안을 걷어내 줄 수 없다는 것을 보여준다. 그러나 사회는 동시에 점술행위를 교묘하게 이용하기도 한다. 점술을 "합리:비합리, 인과:비인과의 영역이 공존된 일종의 개인주의화된 문화적 소비상품"으로 만들어, "희망의 또 다른 이름"이라고 할 수 있는 "불안의 상품화"에

기여한다. 상품이 된 점술은 책임을 개인에게 떠넘기는 우리 사회의 구조와 공명하며, 개인의 불안을 더욱 가중시킨다.[6]

엄마에게 점은 정언 명령이다. 엄마가 점을 보는 건 어떤 목적과 관계없이, 필연적으로 해야만 하는 행위이다. 그래서 엄마는 어떠한 불안도 놓치지 않는다. 상담 치료나 변호사를 찾아야 할 순간에도 엄마는 먼저 점을 봤다. 신점, 사주, 타로, 새점. 나는 종종 상상한다. 믿음이 없는 엄마. 불안이 없는 엄마. 그때마다 나는 존재하지 않는다. 그것은 나라는 존재가 무모한 믿음의 파생 상품이기 때문이다.

— 「남은 건 명랑한 건 최선」, 253쪽

강나윤의 인물들은 뫼비우스의 띠 같은 굴레 안에서 불안을 극복하지 못하는 것은 물론이거니와 불안을 느끼는 자기 자신과도 제대로 마주하지 못한다. 그들이 점술을 통해 목도하게 되는 건 현실이 아니라, 또 다른 점술에 의지할 수밖에 없는 불안이기 때문이다. 결국 그들은 작은따옴표 안에서 문자로 둔갑한 숫자처럼 불안이

6   염은영, 「불안의 전면화와 현대사회의 점복행위」, 『남도민속연구』 44집, 2022, 213~216쪽.

라는 가면과 허상으로서의 자아와 마주하는 코딩을 계속하는 셈이다. 그렇게 강나윤의 인물들은 때로는 '진정성'이라는 이름으로, 때로는 '보편'이라는 이름으로, 때로는 '정체성'이라는 이름으로 코딩되며 진정한 자기 자신과는 거리가 먼 삶을 산다.

불안의 근원을 소거하는 게 불가능한 상황에서 그들이 택하는 건, "첨삭 따위 필요 없는 완벽한 작품"(「우체국 여자」)으로서의 삶이 아니라 자신에게 상처를 준 사람의 트윗을 차단 해제 하는 (「오늘의 해시태그」) 삶이다. 다시 말해 그들은 기꺼이 자신에게 씌워지는 "작은따옴표"를 감당하며 불안과 함께 사는 삶을 택한다. 이는 현실에 순응하는 태도로 읽힐 수 있지만, 그보다는 불안을 적극적으로 자신의 삶에 끌어당겨 불안의 주체로서 스스로의 삶을 개척해나가겠다는 의지로 읽힐 여지가 있다. '읽힌다'라고 하지 않고 '여지가 있다'고 표현한 건 아직 강나윤의 소설이 불안 자체와 불안의 근원에 머무르고 있고, 불안 너머의 삶에 대해선 보여주고 있지 않기 때문이다. 물론 언젠가는 강나윤의 인물들은 보란 듯이 불안 너머의 삶을 살 것이다. 그러나 보편의 늪에서 벗어날 수 없는 '지금-여기'의 현실에서 불안 너머는 불가능

의 영역이라 할 수 있다. 그러니 우선은 그 불안 너머를
타진할 수 있는 가능성에 만족하기로 하자. 불안과 함께
하는 것, 그것이 불안 너머를 논할 수 있는, 우리가 가진
유일한 가능성이다.

작가의 말

　작가의 말을 동생 집에서 쓰고 있다. 며칠 머물게 됐는데 공교롭게도 작가의 말을 써야 하는 시기와 맞물렸다. 소설 쓰는 것보다 힘든 게 작가의 말 쓰는 거라더니, 정말이었다. 사흘 내내 썼다, 지웠다, 괴로워하다가 산책하고, 신나게 썼다가 지우고 좌절하고 있는데 동생이 말했다. "밥 먹자." 우린 곧장 남대문 시장으로 달려갔다. 우리는 먹는 데 있어서는 언제나 의기투합한다. 갈치조림을 먹고 씨앗 호떡을 하나씩 입에 물었다. 서울역에 있는 동생 집까지 걸었다. 날씨는 적당히 쌀쌀했고 미세먼지도 괜찮음이었다.

　"언니, 우리 좀 신기하다. 어릴 때 우리 모지리였는데. 둘 다 꿈을 이뤘어."

　어릴 적 우리는 이불 속에서 머리를 맞대고 막내를 어떻게 따돌리고 놀러 갈 것인지 모의했고, 서로의 옷 취향을 비웃다가 아무에게도 털어놓지 못한 은

밀한 꿈을 공유했다. 20년 넘게 한방에서 살을 맞대고 살아서 서로에 대해 모르는 게 없다고 생각했다. 거기엔 과거와 현재는 물론이거니와 미래도 있었다. 어른의 미래는 그리 드라마틱하지 않다고 생각했기에 우리의 미래도 그럴 거라 여겼다. 꿈은 현실에 발을 디디지 못한 채 아득히 멀어졌다. 더는 내게 꿈을 묻는 사람이 없었다. 꿈을 향해 나아가는 건 허망이고, 삶을 살아내는 게 현실이다, 그렇게 살아갔다. 하루하루를 열심히 살수록 불안했다. 통장 잔고와 경력이 쌓이는데도 나는 뭔지 모를 불안감에 시달렸다. 평온한 일상이 버겁고, 더는 현실에 발을 디디고 싶지 않은 순간에 아득한 그곳에 버려두었던 이야기들이 내게 다가왔다.

나의 소설들은 평온한 삶 속에서 느꼈던 불안이다. 왜 불안한지 모른 채 그저 막막했던 마음이 문장이 되었다. 내 안에 가득한 불안한 마음을 마음껏 꺼내놓았다. 혼자서는 도저히 해결할 수 없었던 그 마음을 마주 보고 보듬어주고 싶었는데 꺼내놓기만 하고 동생의 말처럼 내가 머저리라 아무것도 해주지 못한 거 같아서 미안하다. 불안한 사람이 있다면 당신만 불안한 게 아니라고 말해주고 싶다.

경기문화재단에 감사드립니다. 책이 나오기까지 애써 주신 최지애 작가, 김성규 시인, 해설을 써주신 진기환 작가, 추천사를 써주신 우다영 작가에게 진심으로 감사 인사드립니다.

나의 사랑하는 가족들에게 감사와 사랑을 보냅니다. 내 꿈을 지지하고 응원해 준 친구들, 미애 언니, 혜정 언니 고맙고 사랑합니다. 소설 말고 드라마를 쓰라는 조언을 아끼지 않는, 학창 시절 문학소녀였다는 우리 엄마에게 이 책을 바칩니다. 엄마, 저는 소설이 좋아요.

2025년
강나윤

남은 건 명랑한 최선

2025년 5월 19일 초판 1쇄 펴냄

지은이	강나윤
펴낸이	김성규
편집	조혜주 최주연
디자인	신혜연
펴낸곳	걷는사람
주소	경기도 용인시 기흥구 동백중앙로 358-6, 7층 (본사)
	서울 마포구 월드컵로16길 51 서교자이빌 304호 (지사)
번호	031 281 2602 / 02 323 2602
등록	2016년 11월 18일 제25100-2016-000083호

ISBN   979-11-93412-93-0 03810

* 이 책은 경기도, 경기문화재단의 지원을 받아 발간되었습니다.
* 이 책 내용의 전부 또는 일부를 재사용하려면 반드시 지은이와 출판사의 동의를 얻어야 합니다.
* 잘못된 책은 교환해 드립니다.